KB116137

청어詩人選 216

시와 나

홍
경
실

시
집

청어

시와 나

홍경실 시집

발 행 처 · 도서출판 **청어**
발 행 인 · 이영철
영　　업 · 이동호
홍　　보 · 천성래
기　　획 · 남기환
편　　집 · 방세화
디 자 인 · 이수빈 ｜ 김영은
제작이사 · 공병한
인　　쇄 · 두리터

등　　록 · 1999년 5월 3일
(제1999-000063호)

1판 1쇄 발행 · 2019년 12월 10일

주소 · 서울특별시 서초구 남부순환로 364길 8-15 동일빌딩 2층
대표전화 · 02-586-0477
팩시밀리 · 0303-0942-0478

홈페이지 · www.chungeobook.com
E-mail · ppi20@hanmail.net
ISBN · 979-11-5860-717-3(03810)

이 도서의 국립중앙도서관 출판시도서목록(CIP)은 서지정보유통지원시스템 홈페이지
(http://seoji.nl.go.kr)와 국가자료공동목록시스템(http://www.nl.go.kr/kolisnet)
에서 이용하실 수 있습니다.(CIP제어번호: CIP2019048032)

시와 나

시인의 말

시(詩)와 나 1
—마흔 즈음에

＊

시(詩)로 인하여 저는 감히 영원(永遠)을 꿈꾸고 있습니다.

어제도 그제도, 기억할 수조차 없는 아주 오래 전부터 이 땅 위에서 살다갔을 수많은 사람들이 있었겠지요. 그리고 언제까지 일는지 알 수 없지만, 역시 이 지구를 메워올 낯선 이들의 행진이 이어지겠지요.

제가 사는 동안 어쩌면 아주 잠시 일는지도 모를 이 가슴 벅차오르는 시간과 공간의 삶이 있습니다. 그런 저에게 영원이란 제게 주어지는 그 때 그 순간의 느낌만으로 가늠할 수 있을 뿐인 삶의 화두입니다. 하여 저는 시를 씀으로 해서 감히 변하지 않는 영원한 삶을 꿈꾸어 보고자 합니다.

한 번 가버리면 결코 뒤돌아보는 법이 없는 저 매정한 시간의 뒤꽁무니를 부여잡으려 안간힘을 쓰는 제 안의 진한 감정들이 소용돌이 치고 있습니다. 순하고 아름답기도 하지만 때론 시리고 애잔하여 눈물로 바라볼 수밖에 없는 내 안의 이들입니다.

하여 저는 지금도 너를 잊지 않고 있다고 말하고 싶은 마음을 감출 길이 없습니다. 하여 저는 살아있는 동안 영원히 너를 기억하리라고 이렇게 이야기 하고 있습니다.

＊

이 시 모음집은 현대 프랑스의 생명사상가인 앙리 베르그송의 이야기처럼 우리네 삶을 지속의 흐름으로 보면서, 그 리듬과 선율에 귀를 기울이며 써 내려가는 시와 글 모음집입니다. 지속의 리듬과 하모니, 그 압축된 심상들에 귀를 기울이면서 가능한 고스란히 그리고 직접적으로 의식에 주어지는 것들에게로 가까이 다가가 대면하면서 탄생한 글들의 모음집입니다.

말하자면 이 작은 책은 그런 시들을 탄생시키고 있는 하루하루의 생활 속에서의 감성의 섬세한 선율과 리듬, 그 예리하고도 예민한 감각을 깊은 철학적 사색으로 조망하면서 드러내 보이고자 하는 이미지식 표현 기법이 담긴 글입니다. 먼저 삶에 귀 기울이는 마음은 이미지를 느낌으로써 되새김질 하면서 이를 기억하는 마음에 담게 되고, 이어서 언어나 개념의 지성적 사유로써 이를 붙들어 매는 공간화 작업을 하게 됩니다. 이런 과정은 말하자면 의식의 소여에 맞닿는 압축된 감성적인 시어들을 철학적인 언어로 풀어내는 작업이라고 할 수 있을 것입니다.

철학이 진리의 학문이라면 진리라는 거창한 이름대신 저는 '깨달음'이라는 말을 쓰고 싶습니다. 철학이 깨달음의 학문일 수 있다면 그런 깨달음은 머리로 정리하는 이론의 대상일 수만은 없을 것입니다. 그런 깨달음은 가슴으로 다가와서 저의 온 몸과 마음을 뜨겁게 달구고는 이내 영혼의 비상을 가능하게 할 수 있습니다. 영혼의 비상이란 이론으로 담아내기에는 너무나도 크고 넓고 깊고 오묘한 것이기에 절제와 함축 가운데 드러나는 시적인 언어로 가능할 것입니다. 우리네 삶의 모든 것, 우주의 그 알 수 없는 시작과 끝, 하여 한 인간의 영혼을 그 안에 품어낼 수 있는 그 무엇과도 같은 것이 시적인 언어의 비상이 아닐까 합니다.

그래서 저는 이론이 아닌 시(詩)로써, 언어라는 규약과 형식으로부터 비교적 가장 자유로이 비상할 수 있는 시로써 저의 느낌을 표현하고자 합니다. 이때의 표현이란 지극히 실존적(實存的)인 것이어서, 저의 온몸의 감수성(感受性)에 맞닿아 있는 하루하루 삶의 체험으로부터 잉태(孕胎)된 것입니다. 저의 생각과 느낌을 가장 잘 담을 수 있는 그릇으로서의 시는 저의 감수성을 가장 잘 대변할 수 있는 표현 수단이라고 생각합니다. 곧 이 책의 제목인 '시와 나'의 탄생인 것이지요.

*

　느끼지 않고는 한 순간도 깨어있을 수 없는 것이 우리네 삶이라고 한다면, 감수성이나 느낌이야말로 가장 근본적인 삶의 화두(話頭)이어야 하지 않을는지요? 그래서 시적인 표현이란 하루하루의 생활 속에서 마치 샘물 솟듯이 솟구쳐 오르는 자잘한 혹은 치열한 느낌으로부터 그 진하고도 깊은 속삭임과 메아리를 언어의 향기로써 담아내고자 하는, 지극히 순연하면서도 아름답고 사심 없는 생명의 의지와도 같은 것이어야 하지 않을는지요.

　문자로부터 비교적 가장 자유로울 수 있는 시를 매개로 해서, 굳이 내세울 것이라고는 하나도 없는 어느 여인네의 삶의 이야기를 나지막한 목소리로 이렇게 전해드리고 싶습니다. 보잘 것 없는 이 시들을 읽음으로써 사라져가고 있는 진솔한 일상의 느낌들이 좀 더 오래도록 기억될 수 있기를, 아니 감히 바라건대 영원히 기억될 수 있기를 간절히 기원해 봅니다.

2019년 겨울, 반포의 끝자락에서
홍경실

차례

2부   당신과의 동행

1부

자화상

한울 1
-우리

생명의 울타리 안에 있는 우리
이 얼마나 가슴 뛰는 벅찬 단어인가
나와 너 그리고 한울인 우리들이여

너와 내가 한 지붕 아래 둥지를 튼
한 가족 한 몸이듯이
네가 없인 나도 없고
내가 없인 너도 온전치 않을

한솥밥을 먹는 식구들처럼
한울 밥상 앞에 도란도란 모여 앉아

우리들은 서로 마음 아프게 하지 말자
우리들은 서로 가슴에 상처 주지 말자
종내 하나로 되돌아가야 하는 저 자연의 생명

우리는 서로를 보듬고 품어 살면서
우리 안의 무궁한 영성을 위하여
한 생명이 되자 한울이 되자

한울 2
– 있는 듯 없는 듯한 관계

내 나무의 뿌리는
네 나무의 뿌리와 닿아 있어
너의 슬픔으로 내가 울고
나의 기쁨으로 우린 하나가 되지

이름 없는 어느 시간과 공간
우리는 서로 눈길을 마주하면서
하늘 아래 무수히 알 수 없는 어느 하루
우리들은 서로의 옷깃을 그렇게 스쳐지난다

내 이승의 삶의 숱한 실타래
이 역시 너의 삶과 함께 하리니

우주와 생명의 나무를 키워 뿌리를 내리고
생채기 보듬으며 아픈 기억의 잔가지들로
무성해진 그늘 아래 누워 휴식을 청하면

그렇게 우리는 둘이서 하나로
영원히 헤어짐을 모르는 한울이 된다

한울 3
−한울 생명

보이지 않는 공기를
함께 나누는 한울 생명처럼

내 생명의 숨결은
너의 호흡에 닿아 있어

살아 겪는 모든 슬픔이
혼자만의 것일 수는 없지

오래 전 어머니의 어머니
기억도 생소한 아버지의 그 아버지

밥 한 그릇으로도 생명을 지킬 수 있는
밥 한 그릇으로도 생명을 구걸해야 하는
살아있는 모든 한울의 비애를 느끼면서

나의 슬픔이 너의 슬픔이 되고
너의 아픔이 나의 아픔이 되는

내 생명의 숨결은
너의 호흡에 닿아 있어
우리네 한울 생명
한 울타리 한 가족이여

*

오늘도 이렇게 살아있어 맞이할 수 있게 된 또 하루의 시간들은 어떻게 시작이 되었는지요. 기억조차 아득한 유년시절의 이야기들과 온갖 희로애락으로 뒤엉킨 삶이라는 시간의 실타래를 생각해 봅니다. 때로는 술술 그 가닥이 풀려나가듯이 순조롭기도 하고 이따금씩은 흐트러져 풀길 없는 뒤엉킴으로 망연자실 어이없어 하다가도 그래요 지금 이곳에, 잠시 그 시간의 바다 이름 모를 어느 기슭에 닻을 내리고 정박해 봅니다.

만일 이런 표현이 가능하다면 그래서 제가 저의 전부를 생각할 수 있는 것처럼 그렇게 순간이 영원인양 모든 시간을 생각할 수 있다고 한다면 바로 그 순간 그 어떤 말이나 이론으로도, 그 어떤 분리나 분할로도, 그 어떤 차이나 차별로도 떼어낼 수 없을 망망대해와도 같은 단 하나의 이미지가 떠오르게 됩니다. 그것이 바로 한울이라는 하나의 울타리의 이미지이며 그 시간과 삶과 생명의 울타리 안에 함께 살고 있는 바로 우리들의 모습입니다.

나 난

나
난
당신을
차마 두 눈 크게 뜨고서

나
난
당신을
동공 가득
지나온 세월의 기억을 담아

나
난
차마 당신을
온전히 바라볼 수가 없어서

나
난
그래서
당신을 바라보면서
왜인지 늘 저를 보고 있습니다

나의 이 시선 모두가
당신을 보면서 나에게로 향하는
우리가 한 몸인양 헤어짐을 모르는
당신과 내가 하나 되는 이 기억
그래요 하나 되는 기억으로 가려나 봅니다

온 시간과 공간의 영겁 세월
그 무한을 넘어서는 넘어서고자 꿈꾸는
외롭고도 지난한 이 눈길은
영영 잊혀질 수 없음인가 합니다

*

　당신은 늘 여러 벌의 옷으로 갈아입고 저에게 다가오곤 합니다. 어쩌면 너무도 아련해서 기억조차 희미해져가고 있는 오래 전 보고파 했던 사람들의 모습이기도 하고요. 잡으려 아등바등 하면서 오지 않는 먼 곳의 꿈을 좇기 보다는 지금 이 시간의 소중함이 더욱 절실하리만치 이제는 삶으로부터의 떠남을 생각하곤 하기에… 당신은 어쩌면 제 지난 삶의 시간 동안 오래도록 보듬고파 했던 그렇지만 이제는 잊혀지려 하고 있는 꿈인지도 모릅니다. 그래서 당신의 의미는 잊혀진 꿈이며 동시에 타자화(他者化) 된 자아, 곧 타인들과의 관계 속에서 비로소 욕망하게 되었던 오래 전의 저의 모습일 수 있습니다. 제가 바라는 저의 모습이란 과연 어떤 것인지요? 과연 어떤 꿈을 좇으면서 지금 이곳까지 살아왔는지요? 살아있는 동안 살아가는 동안 내내 궁금해 할 따름입니다.

나와 몸

처음부터 너는 나의 것이 아니었다
처음부터 너는 나의 몸이 아니었다
나에게 몸이 없다면 어땠을까?

아장아장 우스꽝스러운 몸
탱글탱글 물오르듯 생동적인 몸
쭈글쭈글 바스락거리게 될 몸

난 아무런 살 이유를 찾지 못하고
벌써 죽었거나 오래 전에 자살했거나
영영 나로서 살 지 못 했을 게다

아마도 내가 누군지 알 수 없어서
오래 전에 이미 미쳐버렸거나
어쩌면 돌이킬 수 없으리만치 망가져서
삶인지 죽음인지조차 아득할 늪 한가운데

나, 그리고 몸
나와 몸, 그래서 나의 몸
몸과 나, 나만큼 소중한 몸

＊

　몸에 관한 글과 이야기가 무성한 시대의 한가운데 살고 있는 듯한 느낌입니다. 외모지상주의(lookism)라는 신조어가 우리 시대 대중문화를 지배하고 있는 듯한 인상을 지울 수 없습니다. 그래서인지 몸에 관한 이해의 왜곡과 몸에 자행되는 폭력이 난무하고 있는 것 같습니다. 이런 몸 이야기가 무성한 난세를 과연 어떻게 지혜롭게 살아 갈 수 있을까 하는 생각으로 최근 몇 년 동안의 학문적 문제의식은 몸에 관한 담론으로 일관해 오곤 했습니다.

　오늘 아침 신문을 읽다가 초등학교 앞 반경 몇 미터 안까지 파고든 신종 변태업소의 이름에 어이가 없었습니다. 다방에서 진화한 이름인지 노래방, 비디오방 하면서 방방 뜨더니 마침내 '귀 청소방'이라는 작명까지 등장했기 때문입니다. 이러다가 마침내 '몸 청소방'이라는 업소까지 등장하지 말라는 법이 있을까 싶었습니다. 제 몸 청소를 어떻게 남이 알아서 해주기를 바란다는 말인지요. 자기 몸만큼 스스로 주인 된 사람이 알아서 관리해야만 하는 것이 또 있을까 싶습니다.

　삶이란 거창할 것 없이 그저 제 몸 하나 영위하고 또 관리해 나가는 시간의 여정이 아닌가 생각해 봅니다. 시간의 흐름과 더불어 켜켜이 쌓여만 가는 흔적은 머릿속 알 수 없는 뇌의 어느 곳인가 저장되는 것 같아 보이지만 그런 저장은 사실은 믿을 수가 없지요. 기억과 망각의 회로란 것이 지극히 자의적이어서 신빙성이 없다는 점은 이미 학문적으로 검증된 사실이고요. 어쩌면 알 수 없는 뇌의 어느 부분이 아닌 바로 지금 이곳에, 이렇듯 또렷하게 느낄 수 있고 또 들여다보이는 바로 우리들의 몸 그 가운데 삶의 온 역사가 그려지고 있는지도 모를 일입니다.

　그래서 상처가 흉터가 되고 트라우마가 되어 굳이 기억하려 하지 않아도 늘 우리들과 함께 할 수밖에 없는 몸 지도의 한 부분을 꿰 차고서는 사는 동안 나의 몸으로서 다름 아닌 나로서 생각되지는 것이겠지요. 공교육의 붕괴와 부재를 논하면서 인성교육을 들먹이기 전에 먼저 우리들 자신과 다를 바 없는 우리들 저마다의 몸에 관하여 어린 시절부터 올바로 배우고 제대로 가르칠 수 있는 사회 전반적인 교육 시스템이 절실한 때입니다. 인성교육이란 것이 뭐 그리 거창한 것이겠나 하는 생각이 듭니다. 살아있는 우리들 한 사람 한 사람이 제 몸 하나 제대로 이해하고 아끼면서 살아갈 수 있다면 바로 이로부터 인성교육이 가능하며 함께 살아가는 아름다운 한울 생명 세상이 펼쳐질 수 있다고 봅니다.

나를 보고 웃는다

살아있는 작품이
나를 보고 웃는다

내가 만든 작품이
나를 보고 웃는다

내 안에서 떨어져
나온 작품이
나를 보고 웃는다

내가 낳은 작품이
나를 보고 웃는다

내가 남기고
갈 작품이
나를 보고 웃는다

*

연약하기 이를 데 없는 육신의 몸으로 배 아파 낳은 사랑하는 분신인 아이들을 바라보는 순간만큼 행복하고 사랑스러운 시간은 없을 것입니다. 아이들을 바라보는 얼굴 가득 번지는 환한 미소가 마치 아이들이 저를 보고 웃고 있다는 착각을 불러일으키기에 그저 족할 따름입니다. 아이들이 엄마에게 건네는 단 한 번의 미소로도 엄마들은 늘 웃을 수 있는 법이며 삶의 아픔을 견딜 수 있는 법이 아닐까 생각해 봅니다. 사랑은 역시 내리사랑이 제일인가 합니다.

응, 응, 응

내 안을 떠나왔지만
언제나 품 안에서
해 맑은 눈빛으로 응

십여 달을 내 안에서 참아 지내다
운명처럼 떠나온 지 그 열 배도 넘는 세월
아는 듯 모르는 듯 그저 엄마의 모든 말에 응-응

이제는 곁에 있으나 헤어져 안 보이나
씨아린 가슴 한 켠 어루만지는 그렇한 눈물로
한 몸이었다 가족이라는 또 같은 운명 되어

고개를 끄덕이며 알았노라고 응
눈길을 떨구면서 알고 있는 듯 응-응
산처럼 바다처럼 굳세고만 싶은 엄마의 말에 응-응-응
아는지 모르는지 알았는지 아는 척하는 건지 그저 그렇게
응-응-응

*

    혹한이 찾아온 12월의 어느 날 오전. 지난 밤에 피자와 통닭을 함께 먹고 배탈이 나서 조퇴한 막둥이가 제 방에 누워서 잠을 자는 모습을 지켜보다가 그만 울컥 눈물을 흘리면서 떠오르는 느낌을 두서없이 적어 보았습니다. 표현할 수 있는 모든 사랑을 담은 저의 한 마디 말은 그저 이랬습니다. '밤새 화장실 다녀오느라 고생했어요. 편히 쉬어요.' 이 말에 아픈 막둥이의 입에서 나온 짧은 한 마디의 대답이 바로 '응'이었습니다. '응!' 마치 엄마의 마음을 죄다 읽고 헤아리기라도 하는 듯한 이 한마디의 말에 그렇지 않아도 막둥이가 아파 우울했던 마음이 한껏 더 울컥해지면서 목이 메어 올랐습니다. 아무리 제 속으로 낳은 자식이라지만 대신 아파해줄 수 없는 것이 혼자 와서 홀로 가야만 하는 우리네 생명의 본래 모습이 아닌가 합니다.

행복 하고 싶다

오늘 하루 행복 하고 싶은데
지금 이 순간 행복 하고 싶은데
또 하루를 보내는 잠자리에서의 상념(想念)

온 종일 움직임으로 고단했던 몸과 마음이
솜털마냥 깃털마냥 풀밭 위로 내려앉았다가
하루의 끝이 임종(臨終)인양 두 눈을 감는다

아! 이 얼마나 행복한 휴식인가
내일 또 하루가 찾아온다는 약속
하루를 마치 온 생애인양 행복 좇아 아등바등하다가

그래, 그렇지
지금 이 순간이 마지막이 아니라서
내일도 지금처럼 하루 온 종일 행복을 꿈꾸면서
어쩌면 산다는 건 날마다 찾아오는 기쁨

아! 행복 하고 싶다, 정말로
내일 찾아 올 또 하루의 부활의 아침을 꿈꾸면서
아! 행복 하고 싶다, 죽도록

살아있음의 감사와 행복

있는 것에 감사하세요
없는 것을 애타한다면
있는 건 보이지 않는답니다

가진 것에 행복하세요
가지지 못한 것을 원한다면
영영 만족은 남의 일이 되니까요

함께 하는 사람을 사랑하세요
보고파하는 사람만을 그리워한다면
지금 이 순간 사랑할 수 있는 이를 잃을 겁니다

볼 수 있고 만질 수 있는 그 모든 살아있는 것들
풀 들꽃 나뭇잎 새소리 심장의 고동 소리
감사하고 또 감사하세요
머리로만 행복을 찾아나서는 파랑새가 된다면
감사와 행복은 영영 내 것일 수가 없답니다

머릿속으로는 가장 커다란 아픔과 불행을
생각할 수 있고 또 한탄할 수 있을지언정
살아있음에는 언제나 감사와 행복이 함께 해야 하지요
왜냐 하며 그 이유를 묻지 않으셨으면 해요
살아있음보다 더한 선물은 없을 테니까요

불행 앞에서도 불행 앞이기에
더한 아픔과 슬픔을 생각할 수 있다면
더한 아픔을 생각할 수 있기에
당장의 불행이 불행이 아닐 수 있듯이

있는 것과 가진 것과 곁에 있는 사람들
결코 감사하고 행복해 하고 사랑하지
않을 수가 없는 법이랍니다

생명의 미학

시간을 직시(直視)한다
칸트의 선험적 통각
다이나믹한 숭고미로써
오직 하나의 몸과 마음이
훨훨 날갯짓에 힘차다

시간의 틈새로 난 균열
주관의 객관으로의 비상(飛上)
내가 너와 만나고
나와 남이 우리가 되는
삶과 죽음의 부킹과 도킹

욕망이 멈추고
분노가 잠자고
애증(愛憎)이 무화(無化)될 때
사고(思考)는 길을 잃고
그저 생명(生命)의 미학(美學)뿐…

너희들은 아름다워라

너희들은 아름다워라
마음껏 아름다워라

기성세대의 아픔을 잊고서
너무도 아름다워 슬픈 속앓이로만
남겨진 우리들의 기억

너희는 재지도 말고
비교로 삶의 시간을
낭비하면서 방황도 말고

물론 아파하면서
처연히 외로워도 하면서
어른이 되어가는 법이라지만

너희들은 오로지
아주 온전하게
순백의 아름다움으로
마음껏 피어나거라

그것이 생명이리라
그것만이 이 지상에서
우리가 너희들과 더불어
함께 살아가야 할

어쩌면 단 하나의
이유이리라

너희들은 아름답거라
맘껏 아름답거라

*

대학 강의 길에 올라 탄 버스 안에서 남녀 대학생 커플이 재잘대는 이야기를 본의 아니게 엿듣게 되었습니다. 아직은 먹고 살 걱정으로부터 자유로울 수 있기에 기성세대보다는 어쩌면 더 순수해 보이는 한 쌍의 연인의 사랑스러운 모습에 그만 덩달아 행복해 할 수 있었답니다. 저에게도 분명 저런 시절이 있었을 테니까요.

날마다 새로움을 꿈꾸며

날마다 새로움을 꿈꾼다
날마다 새로움을 꿈꾸는 삶
카카오톡의 문을 두드리면서 맘이 설레듯
하루가 한 순간에 업로드 될 수 있다면

삶은 늘 엇비슷한 행색과 매양 같은 공간
사는 동안 나로 불리듯 다름없을 우리들
잘난 네가 못난 나보다 무어 그리 다르랴마는
어수선한 일상은 실낱같은 목표로
살얼음 생존의 파도를 가르는 항해

날마다 새로움을 꿈꾼다
지금 이곳에서 채울 길 없는
날마다 가슴 설레임을 꿈꾼다
살아있는 지금의 나에 감사하면서

난 살아있어서 좋은데

난 살아있어서 좋은데
아무런 할 일 없이 편안하게
아등바등 먹고 살 일 생각 없이도
이렇게 살아있어서 참 좋은데

비오는 장마철의 어느 한적한 오후
문득문득 너의 생각에 맘이 설렌다
마주보는 두 눈 가득 맛난 음식을 함께 하면서
살아있음을 두 배 세 배 아니 영원토록
아무리 살아도 이 삶만으로는 다 헤아릴 수 없을
그런 따스한 온기와 사랑스러움을 느끼고파

난 살아있어서 좋은데
이렇게 살아있어서 참 좋은데
문득문득 네 환한 얼굴이 보고 싶어
사랑스런 너의 미소가 미치도록 그리워

삶과 꿈

언제부터인가 나는
이 삶이 꿈인 것 같아
빌려 입은 듯 어색한 옷처럼
원하지 않은 인연과 만남이
직장과 살아 연명하는 형색이
혹여 내가
꿈을 꾸고 있는 거나 아닌지

언젠가부터 내 삶은
나의 것이 아닌 것 같아
이 믿기지 않는 현실이
꿈같아
잠에서 깨어날 꿈
아, 꿈이었으면 꿈이기를

기쁨과 슬픔의 볼레로

인생은 맘대로 안 되나니
오늘 슬픔이 내일은 분명
애잔한 그리움으로 기억되리라

슬프지 않으려 슬픔이 싫어서
하루 잠자고 나면 아련한 슬픔
어느덧 슬픔이 기쁨인양 음미되는 추억

삶이란 아
맘대로 안 되는
알 수 없는 그 무엇

미로(迷路)같은 나에게

시간이 날 집어삼키기 전에
시간성의 그 알 수 없는 끝
영원성으로 난 그 미로(迷路)같은 낭떠러지

영원성의 망망대해
어쩌면 포말에 온몸 동여매어
해안가 어디 즈음
파도에 넘실대다가
채 정박하지 못해
끝을 알 수 없는 수평선
나침반 없는 그 나락

시간이 나를 집어삼키기 전에
기억이 날 떠나가 버리기 전에
행복하지만 불행하지 않고
불행하지만 그렇다고 또
행복해 하지도 않는 그런

시간이 날 집어삼키기 전에
문자가 날 망각하기 전에
살아있지만 죽지 않았다고 하지 않고
죽지 않았지만 살아있다고도 할 수 없는

시간이 날 집어삼키기 전에
기억이 날 잊어버리기 전에
알 수 없는 내가
그 미로(迷路)같은 나에게

*

　21세기의 모두인 요즈음은 이중인격이라는 말이 무색할 정도로 다중인격이라는 말이 흔하게 입에 오르내리는 시대입니다. 편집증이니 강박증이니 중독증이니 하는 평범하지 않은 단어들이 우리 시대의 정서에 닿아 있어서 심리학이나 정신의학과 정신분석에 대한 뜨거운 관심을 자아내고 있기도 하구요. 공수래공수거라는 말처럼 아무리 혼자 와서 홀로 가야만 하는 인생길이라지만. 이토록이나 알 수 없는 '나란 무엇인가'에 대한 짙은 의혹은 또 왜인가 합니다.

자화상

내가 누군지 몰라서
슬며시 거울을 들여다본다
거울 속에서 무표정하게 올려다보는 시선
내가 그 얼굴을 마주하고 있는 건지
그 마주친 시선이 나의 모습인지 알 길이 없다

왜 나는 나를 보면서도
거울 속의 나와 온전히 일치할 수 없는 것인지
그 균열 사이로 무지갯빛 꿈이 비상하고 있다
아름답고 행복한 표정으로 환히 웃고 있는 중년의 여인이기를

홀로 남겨진 고독한 시간에 날 잊을 지도 몰라서
혼자 헤매는 문자들의 세계에 갇혀 헤어 나올 수 없게 될까봐
어차피 하나의 몸으로 온 이승에서 또 하나로 잊혀지게 될지
몰라
나는 그렇게 늘 거울과 함께 살아간다

멍하니 창밖을 보다가도
생각 없이 TV 앞에서 웃다가도
돌부처마냥 날마다 되풀이 되는 일상

이따금씩 이따금씩
아주 잊지 않으려고
아주 잊혀지게 될까 두려워
난 나를 찾으려고
오늘도 그렇게 거울을 본다

*

　이번 학기는 수요일만 강의를 쉬는 날입니다. 대학 강의는 으레 월요일부터 금요일까지 있기 마련이지요. 모처럼 외출 준비에 신경을 쓰지 않아도 되는 한가로운 하루를 맞이하고 있습니다. 그런데 불현듯 일거리로부터 자유로운 내가 나를 보면서 알 수 없는 미로 속으로 걸어들어 가고 있지를 않은가요. 일을 통하여 나를 객관화하는 것이 곧 나를 찾는 주관화 작업이었단 말인지요. 하여 난 일을 잃고 방황하다가 또 이렇게 두서없는 생각의 나래를 시어들 속으로 접어 둡니다. 어쨌든 나란, 나라고 불리는 내가 없이는 있을 수 없기에 주관도 객관도 아닌 것 같습니다. 주관과 객관, 나와 나라고 불리는 나의 두 지점 사이에서 밀고 당기면서 이어지는 줄다리기가 우리네 삶인 듯합니다.

혼자서

혼자 있을 때
혼자여서 외롭다고 느낄 때
혼자가 아니어도 시간이 흐르듯이
잊혀지고 묻혀가는 혼자

혼자 있어도
FM선율의 속삭임과
TV뉴스의 웅성거림과
창밖 오뉴월 신록의 지저귐

혼자라서 밀려오고
밀려오면 어김없이 빠져가는 썰물
모래시계를 뒤집어 놓듯
하루의 꽁무니와 작별을 고하면

저만치 멀리서 손짓하듯
그 때 그 시절의 기억이
이만치 창가로 내려앉는 생명이 되어
하루가 또 하루를 잉태하는 뫼비우스의 띠

*

    가족들이 휴식과 충전의 시간을 보내는 주말이 주중보다 더 바쁜 것 같습니다. 목욕탕 청소며 교복이나 실내화 세탁 등 밀린 집안일과 아이들 보살핌 그리고 애 아빠 뒷바라지로 바쁘곤 하기 때문이지요. 주중에는 강의하러 모교에 다녀오는 일과 일 주일에 한 번씩 장을 보러가는 일 외에는 아이들이 없는 시간을 비교적 자유로이 쓰는 편입니다. 한낮에 햇볕을 쬐면서 산책하는 일을 일주일에 두 서너 번 하고 맘에 맞는 친구와 역시 일 주일에 한 번 정도는 시간을 내어 만나려고 노력하고 있습니다. 그래서 모처럼 맛난 외식에 수다도 떨면서 이곳저곳 찻집을 찾아 기웃거리기도 하는 호사를 누릴 때도 있고요.

    그런데도 언제부턴가 혼자만의 시간이 늘어가고 있는 것 같습니다. 예전처럼 활동량이 왕성하지 못하고 서서히 움직임이 줄어들고 있기라고 한 것인지 혼자만의 사색과 상념의 시간이 더욱 풍성해지고 있는 것 같습니다. 이럴 때는 FM 음악의 선율에 몸과 마음을 적시면서 따스한 차 한 잔의 향기에 취하여 글을 쓰는 게 제가 누리는 행복한 시간 보내기입니다. 마치 시간이 멈추어 서기라도 한 듯이 기억의 수레바퀴를 타고 자유로이 날아가는 내 지나온 생애로의 여행과 또 남겨진 앞으로의 삶으로의 가슴 설레는 힘찬 날갯짓을 해 봅니다.

내 슬픔의 바다에서

내 슬픔의 바다에서 허우적대다가
나 어스름 안개 내린 집 바깥으로 나서면
알듯 모를 듯 희뿌옇게 저만치 길가는 사람들 얼굴
나 또한 이름 모를 어느 길 모퉁이에 홀로 선 행인

내 슬픔의 바다에 돌을 던지지 마시기를
그 슬픔이 해일이 되어 남은 시간을 갉아먹을까봐
조바심 어린 눈길로 살얼음 내딛듯 지나온 반평생

내 슬픔의 바다에 돌을 던지시려거든
나 뒤돌아서서 잠깐 두 눈 맞추면 그 뿐인 이별로
어느 이름 모를 행인과의 영겁 천 년의 해후에 두 눈 멀듯이

내 슬픔의 바다에 살며시 돌을 던져주시면
나 내 안으로 침잠하여 그 천길 만길 오묘한 깊이에
서서히 위로 솟구치며 햇살인양 영글어 오는 자아의 진주알

내 슬픔의 바다에 돌을 던져주시기를
나 알듯 모를 듯 아파해 온 이 살아있는 날의 생채기가
내 이름의 얼굴과 향기와 기억의 성을 지을 수 있도록

＊

　세상 밖에서 만나는 그 모든 슬픔이 내 안의 슬픔으로 다가와 마침내 진주알을 잉태하려나 봅니다. 살아도 살아도 알 수 없어져만 가는 삶의 슬픔을 그저 멍해지지 않고 또렷하게 들여다보고픈 간절하고도 절실한 마음뿐입니다. 삶의 고통과 비애와 살아있어야만 하는 생존의 무게, 뭐 그런 우울한 것들 앞에서도 당당하게 웃음을 잃지 않으면서 그저 생명의 아름다움만을 소중하게 보듬으며 살아가고픈 바람뿐입니다.

삶과 고독

혼자 있는 시간이
이렇게 외로울 수 있음은
살아있는 시간 동안
행복 하고픔이지

혼자 하는 식사 시간과
아는 이 없이 묻혀 거니는
산책길의 적막함도

살아있는 많은 시간의
홀로 있음이여
해서 난 나를 알아가고

이 삶을
삶의 행복을
그리고 내가 아닌 바로
당신과의 만남을 꿈 꿈이지

2부

당신과의 동행

슬픔

슬픔을 생각한다
모두 잠들어 있을 이른 이침
딸아이의 부재 앞에서
순백의 희고 성스러운
슬픔에 대하여 글을 쓴다

슬픔만을 오롯이 바라보면서
그 무엇으로도 채울 길 없는
텅 빈 시간과 공간
멈추어 선 시곗바늘을 돌리는 기억의 분주함

실오라기 한 가닥조차 걸치지 않은
민낯의 삶 그 적나라함 앞에서
잠을 이루지 못한 채 방황하는
오늘 밤도 이번이 마지막이라며 헤매이는

사랑스런 내 아이 피붙이 같은
살아있는 모든 부모들의 아들딸들이여

순백의 슬픔을 마주한다
희고 성스러운 슬픔을 바라본다
너무도 새하야 해서 손가락 사이로
미끌어질듯 사라지는 순결의 모래성
너무도 슬퍼서 표정을 잃어버린 너의 부재를

슬픔을 생각한다
슬픈 눈으로 슬픔을 들여다본다

*

　이른 새벽 사랑하는 사람의 부재 앞에서 슬픔을 응시하면서 슬픔에 지
지 않으려 슬픔을 삭이면서 안간힘으로 슬픔에 관한 시를 써 보았습니다.

결혼 후의 이 오랜 기다림

숨이 턱까지 찬다는 말이 있지요
몸 속 저 깊은 곳
심장으로부터 턱까지 차올라 마침내
몸 표면의 구멍으로 빠져나간다면 어쩌나
숨 쉴 일이 없다는 건 다름 아닌
죽은 목숨이 아닐는지요

요즘 아주 이따금씩
숨 쉬는 일이 몸 바깥과의 경계를
기웃거리곤 하는 알 수 없는 느낌에
그저 당혹스러워 지곤 한답니다

아주 엉클어진 실타래를 이 삶 앞에 두고서
도무지 어느 매듭부터 손을 대어야 할지 몰라
알 수 없는 막막함과 답답함에 짓눌린 채로
나 혼자만의 손길로는 도저히 풀 길 없는

그래서 온 가족의 손길을 애타게 기다리고 있는
우리 가정의 행복과 안녕을 위하여 꼭 풀려야만 할
저 건강과 행복과 기쁨과 생존의 실타래

무심한 시간은 개의치 않고 잘도 흐르는데
우리 가정의 안정과 행복은 언제쯤에야
얽히고설킨 그 실타래를 풀어헤치면서
환하게 미소 띤 얼굴을 보여주려는지요

결혼 후 지금까지 이어지고 있는 이 오랜 기다림이
그저 아름다운 것일 수 있기를 간절히 빌어 봅니다

*

　요즘같이 어수선한 세월 앞에서는 참으로 조심조심, 빙판길 살얼음 위를 걷는 듯 조심스러운 마음으로 하루하루의 안녕을 기원하게 됩니다. 21세기의 모두인 2014년의 새해 아침에, 밀레니엄의 종말론을 앓곤 하는 새 천년의 홍역은 또 그렇다고 칩시다. 과학기술의 발전이 가져 올 것만 같았던 장밋빛 인류의 미래 모습이 이제는 그 예측하기조차 난감할 뿐인 불확실성 앞에서 한 치 앞도 알 수 없는 오리무중이 다름 아닌 우리네 자화상이 되고 말았습니다. 엎친 데 덮친 격으로 성공과 경쟁 지상주의로 피폐해지고 만 훈훈한 인간성은 우리를 불행하게 하고 있습니다.

　바로 그 한가운데서 늘 맞닥뜨리는 나의 사랑스러운 가정의 모습이 있습니다. 행복한 가정을 소망하는 것은 무릇 모든 사람의 간절하고도 절실한 바람이겠지요. 그런데 행복해야할 단 한 번의 삶과 선택받은 가정이 마냥 즐거운 곳일 수만은 없습니다. 가정의 행복이란 것이 어느 하나의 구성원에 의해서만은 가능하지 않기 때문입니다. 한 식구가 잘 나가면 다른 식구는 못 나가고 가족 어느 누가 잘되면 다른 누군가는 안 될 수 있고 뭐 민주주의가 어렵다는 말이 있듯이 가족이 모두 행복할 수 있다는 것은 참 어려운 일인 것 같습니다.

그래서 밥상 앞에서만은. 식탁 앞에서라도 가족 모두가 행복해 할 수 있도록 주부들의 손길은 늘 사랑과 정성으로 분주할 뿐입니다. 음식을 함께 하는 시간만이라도 가족 모두가 즐거울 수 있었으면 하는 마음뿐입니다.

이 아픔

아파도 아픈 줄 모르는 채
아파도 아프지 않을 줄 알고
아파도 아파하지 않으면서
오늘도 이렇게 살고 있어요

시간과 공간을 벗어나면
무엇이 과연 남겨질는지요.
아파했던 기억과 상처들
이렇게 시린 듯 가슴 한켠
지금은 잊혀졌어도
아픔이 살아있음이란 추억

아파도 아픈 줄 모르는 채
아파도 아파하지 않으면서
오늘도 바위처럼 꿋꿋하게
말없이 조심해서 살아갑니다

*

우리 모두는 살면서 한 번쯤. 아니 너무도 많아서 셀 수 없으리만큼 숱하게 아픔들을 겪게 됩니다. 그런 아픔들은 기억하고 싶지 않아도 기억으로 남겨지는 법이지요. 지금 아프지 않음이 이토록 지난 아픔을 불러들이고 있기에 살아있음은 늘 그렇게 아프지 않아도 아플 수밖에 없는 것이 아닌가 합니다.

어떻게 이런 많은 사연들이

어떻게 이런 많은 사연들이 한 하늘 지붕 아래
어쩌면 이렇듯 다양한 관심사들과 감각의 촉수가
같은 공간과 시간 안에 똬리를 틀고는
그렇게 그럭저럭 서로를 틀 지어 너니 나니
젊음이니 늙음이려니 하면서
그래서 어쩌면 영영 하나일 수 없음이
마침내는 자기 자신과도 하나 됨을 모르는
헤어짐이 곧 죽음이려나

*

  학문의 길로 접어들 수 있도록 가장 큰 가르침을 주셨던 존경하는 은사
님이 마침내 영면하셨습니다. 삼가 이 시를 빌어서 고인의 명복을 빕니다.

이 하루는

이 하루는
얼마나 많은
숱한 이미지들과
남겨질 생생한 기억들일는지
내일도 모래도 또 그렇게
살아있음은 만리장성을 쌓는 듯한
설레임과 전율일지니

오늘 이 하루는 그 얼마나 많은
예전의 기억들과의 만남이 될는지
순간순간 설레지 않을 수 없을
시간의 흐름에 대한 살아있는 촉수여

이것 이외로는 살아있음을 더
생생하게 느낄 수 없음이기에
오래고 질긴 삶의 인연을
빗겨갈 수 있을 짧은
몰입과 벅차오르는
순간에의 촉수여

세상은

세상은 살아남은 자들의 환호성
죽은 이들의 아픔과 망각을 뒤로하는 아우성

세상은 큰 목소리로 나서대는 이들의 착각과 도취
숨쉬기조차 버거운 삶의 애환이 침묵하는 소리는 아랑곳없이

세상은 제 손으로 고를 수 없는 혈연의 과실이 주렁주렁
그 나무 주변으로 바람처럼 힘없이 스러지는 낙엽들의 처연함

세상을 살아가는 일이 아무리 나아졌다고 해도 결코
어쩔 수 없는 인연의 무게로 내려앉아 중심을 잃고 비틀거리다가

지금 이 순간 잠시나마 찾아 맛보는 위안을 벗 삼아서
잊고 또 잊어가면서 그러려니 단념하며 끝내는 망각할 수밖에 없는
순간의 날카로운 깨달음이 무념무상인양 차라리 아무 것도 없는 게지

*

　연초의 아픈 마음을 추스르고 싶어서 또 펜을 듭니다. 원하는 것을 하지 못하는
마음에, 원하는 것을 얻을 수 없는 마음에, 그저 나의 나됨을 부정하고픈 아픈 마

음뿐입니다. 혈연이나 지연이나 학연 등 온갖 객관적인 규정으로 이루어진 삶의 굴레를 벗어 던지고픈 간절한 마음이, 선악과를 훔쳐 먹었다는 저 에덴동산의 이브처럼 유혹으로 다가옵니다. 지난해에 계획했던 일들 가운데 이루지 못했던 일이 새해 모두에 이토록 가슴을 씨 아리게 하고 있네요. 저 알 수 없는 마음 속 깊은 곳부터 꽁꽁 얼어붙으려 하고 있나 봅니다.

가만히 있으면 괜히 눈물이 난다

가만히 있으면 괜히 눈물이 난다
움직임으로 정신이 없었으면 좋겠는데
삶이 그렇게 나의 회상의 심연을 기웃거리지 못하게
넋 나간 듯 쏜살같이 흐르는 이 시간을 망각하고 싶다

여느 때처럼 추적추적 늦여름과의 작별을 고하는 빗줄기가 내린다
고층 아파트 거실의 통유리 아래로 하나 가득 꽉 차오르는 풍경
천성이 어수룩한 나는 그 누구를 그 무엇조차 하대(下待)해 본 적
한번 없는데
주변이 당당하지 못한 나는 감히 이 길 저 길로 내달릴 수 없었는데
고막을 떠나지 않고 이어지는 자동차행렬의 경적소리와 배기가스
의 울부짖음이
이곳 21층 아파트를 타고 올라와 바벨탑에라도 맞닿으려는 양 광
란하고 있다

이것이 나의 반 평생을 넘어버린 인생의 꿈이었던가
그토록 갈망했던 욕망의 분신 앞에서 자신의 오랜 꿈에 배신당한
이 어처구니없음이
혹여 내 삶의 여정이 그 마침표를 찍게 되는 순간 앞에서 홀로 서
게 될 어느 날

그때마저도 이런 어이없음이 욕망의 환멸로 실성하게 될 수 있
으리라는 상념에
마치 빈 허공에 매달려 두둥실 떠 있는 듯한 어지러움과 현기
증을 느낀다

가만히 움직임을 멈추면 저 알 수 없는 심연 아득한 곳
그 밑바닥으로부터 용암이 꿈틀거리듯 눈물이 솟구쳐 흐른다
가만히 있으면 괜히 눈물이 난다
가만히 있으면 괜히 눈물이 난다

*

　비오는 어느 날, 고층 아파트의 통유리 앞에 서서 발아래로 내려다보이
는 대로변의 풍경을 온몸으로 느끼는 하루였습니다. 추적추적 내리는 빗
줄기가 통유리 창을 애무하듯이 쓰디쓴 커피 향 내음이 고독을 달래주더
군요. 그토록 간절하게 원했었지만 막상 살아보니 '입에 맞는 떡은 없는
법'이라는 옛 말의 의미를 새삼 절실하게 깨달을 수 있었습니다. 제 아무
리 첨단 인텔리전트 아파트라지만 고층을 타오르면서 승승장구하듯이 커
져만 가는 자동차 경적 소리와 대로변을 오고 가는 행인들 목소리의 뒤엉
킴. 사거리 교차로 한가운데 지어져서 더욱 더 심할 수밖에 없는 소음 공
해와 씨름하다가 급기야 샅바를 내 팽개치고만 어느 씨름 선수의 모습이
바로 저였습니다.

　마침내 대로변의 초고층 첨단 아파트 단지로부터 주변이 수목으로 울창
한 아기자기한 주택단지로 이사하고 말았습니다. 소음 공해와 먼지 그리
고 통유리 안에 갇혀 지냈던 한 여름의 무더위로부터 이제는 자유로울 수

있을 것 같습니다. 이제는 제 일이 아니었던 양 모른 척할 수도 있습니다. 물론, 아직도 그 때 그 집에는 제가 겪었던 고통을 느끼고 있을 누군가가 살고 있겠지요, 그렇다고 해서 뭐 그 알 수 없는 분이 꼭 제가 느꼈었던 아픔만큼을 느끼는지는 알 도리가 없지만요.

무념무상(無念無想)

사라져가는 아름다운 풍경에 홀리기보다는
두 눈 가득 힘을 주어 기억하려 하기보다는
이름 모를 들풀 이름 없는 바람이고 싶습니다

두 눈망울을 크게 굴리면서 사라지고 있는
사라져가기에 더욱 아름다운 것들을 바라봅니다
어느 그 무엇이라도 두 번이란 있을 수 없기에
미학으로 승화되는 일상의 아름다움이 그저 눈부셔옵니다

지금 여기 이곳에서 가까이
두 눈 헤집고 들어오는 그 모든 것들을
안타까이 기억으로 붙들고 있습니다

의식의 흐름은 더디 가는 시간을 재촉하듯
풀길 없는 고삐를 조여만 오고
아름다움의 그 형용하기 어려운 현기증으로
온몸의 신경은 이완과 긴장을 되풀이 합니다

차라리 차라리 아름다움은
이름 모를 한 점 바람인가 합니다
지속의 흐름이 무(無)와 이웃하고 있는 시간의 진실과 역설
만남이 헤어짐이 되고 있음이 없음이 되고 마는

이 한 해의 끝자락에 서서
아름다운 당신을 생각하고 기억하는 이 은밀한 시간이
뒷모습을 남기면서 사라져가는 망각과 이별로 자리합니다

슬프고도 슬프고 서럽고도 서러운 진실 앞에서
온몸 부르르 전율하다가는 이내 멍하니 구름 한 점에
맺히곤 맺혔다 또 풀리곤 하는 눈망울이
어쩌면 무념무상이 아닌가 합니다
당신에게로 향하는 이 모든 소진되지 않는
아쉬움과 미련과 남겨진 사랑이 말입니다

삶의 숱한 아름다운 시간들이 펼쳐진
사랑의 동산에 우두커니 홀로 앉아
사랑했던 당신을 기억하고 있는 순간이
아마도 무념무상인가 합니다

*

　한 해의 끝자락에 서 보니 언제나처럼 지난 사랑의 기억이 되살아남을
느끼지 않을 수 없었습니다. 그리곤 이내 그런 구구절절했던 사랑이 시간

이라는 파도에 휩쓸려 사라지고 있음을 목격할 수밖에 없었고요. 극과 극이 통한다는 말처럼 기억과 망각이 함께 하는 것이 곧 시간의 진실이라는 사실을 다시 한 번 더 깨달을 수 있었습니다.

요즈음 전공서적을 애써 외면하는 시간들이 흐르고 있습니다. 지난 8월, 두 편의 학술지 논문을 발표한 이후 내내 저의 머릿속은 휑하니 그저 어수선할 뿐입니다. 무언가 정리되지 않고 지나가는 저 무심한 시간의 흐름 앞에서 어느 사이 올 한 해도 이별을 준비해야 하는 끝자락 즈음에 와 있기 때문인가 합니다. 책을 읽고 정리하면서 개념에 의지하는 시간들은 어수선함과 버려진 듯한 공허함을 모릅니다. 그러나 책장을 덮고 나면 언제나처럼 텅 빈 공간의 적막함에 휩싸이곤 하지요. 고독할 수밖에 없는 것이 우리들 인간의 본 모습이라고 하는지요. 그러한 외로움과 태생적인 슬픔을 가슴 깊숙이 묻어둔 채로 아등바등 앞만 바라보면서 집중해 온 시간들이 주마등처럼 선하게 기억되어 옵니다. 이제는 앞만 바라다보면서 질주하기에는 점점 나약해져 오는 몸의 진실 앞에서 보이는 것들이 희미해져 오기 전에 먼저 제가 두 발 딛고 서 있는 이 공간과 시간에 더욱 더 충실해야 할 것 같습니다.

시선을 돌리면 그 순간부터 얼마나 아름다운 세상이 펼쳐질지요. 안방 침대 위에 살포시 내려앉아 겨드랑이 곁으로 파고드는 정오 무렵 햇살의 따사로움. 베란다 모퉁이에 준비된 콘솔 의자에 앉아서 한 잔의 차를 마시며 내려다보는, APT 단지를 온통 물들인 단풍의 아름다움. 마치 시간이 멈추어선 듯 무념무상하고 있는 저를 에워싼 공간과 하나라도 된 듯한 벅차오르는 이 느낌. 오래도록 간직하고픈 이 무념무상한 느낌이 그저 슬프도록 아름다울 뿐입니다.

순간의 블랙홀

아침 출근길에 재촉하는 발길들
늘 보는 풍경과 낯선 사람들
마주치는 모르는 사람들에
괜시리 두 눈엔 눈물이 그렁그렁

언제 또 우리들은 지금 이렇게
그저 스쳐 가면 말뿐인 만남이라지만
언젠가 또다시 마주쳐도 알 수 없는
시리도록 눈빛 애잔한 순간의 블랙홀이여

의식의 향연
－블랙홀을 기억하면서

허허로운 시간과 공간
내가 그 속에 있는지
아니 그저 섬뜩한 블랙홀의 바깥
그 안을 빠져나와 주름이 진
무늬마냥 이곳저곳을 비상하는지

텅 소리 날 듯 그저 비어있는 공원의 적막
어느덧 정오로 치닫고 있는 햇살 아래에
맨몸으로 일 없듯이 우뚝 서 있는 무념무상의 나무들

풍경은 통째로 늘 내 곁을 엄습해 오지만
의식은 멈추어 선 듯 블랙홀로 빨려들고
이름 없는 표정들과 향기 없는 바람들의 작은 움직임
뜨락과 보도블록 위로 가지런히 주차해 있는 자동차들

삶이 그저 허허로운 꿍무니를 내비치듯이 흐른다
한 폭의 수채화인양 한 편의 무성영화인양
아니 어쩌면 막이 내리기를 예감 하 듯 조금씩 조금씩
시간을 비우고 공간을 비우고
하여 마침내는 마음을 비워내려는 듯

허허로운 시간과 공간
내가 그 속에 있는지
아니 그저 그 안을 빠져나와
켜켜이 주름져가는 세월의 흔적인양
이승도 저승도 아닌

하여,
그저 비상하는 의식의 향연은
블랙홀을 기억하면서…

*

연구교수 시절, 그 마지막 3년차 과제로 푸코의 원서와 씨름하던 중 우
연히 창밖으로 보이는 정오의 공원 풍경을 응시하면서 떠오른 시상(詩想)
에 시어들의 옷을 입혀보았습니다. 유난히 길고도 무더웠던 여름의 끝자
락에서 무어라 딱히 꼬집어 표현할 길 없었던 텅 빈 공원의 적막함을 맨몸
으로 느끼듯이, 뭉게구름 마냥 주체할 길 없이 피어오르던 느낌들을 옮겨
내어 보고자 발버둥 쳤었던 그 하루의 시상을 지금도 기억하고 있습니다.

자연과 인간

자연으로 태어나
인간으로 살다가
자연으로 갑니다

인간으로 살 때는
인간인 동안은
그저 인간이고 파

오롯이 인간이도록
인간의 약속이 하늘인양
열심히 또 열심으로
약속이 전부일 수 있도록

하여 이제는 미련 없이
새털처럼 가벼운 바람이 되어
인간으로 살다가
자연으로 돌아갑니다

여행과 죽음

날 아는 사람들 사이보다는
모르는 이들 속에서 더 자유로울 수 있음은
다람쥐 쳇바퀴 안인양
집 안에서 발을 동동거리다가도
밖에 나서면 홀가분해 할 수 있듯이
여행길의 낯 설음이 더욱 편안할 수 있음이지

아는 이들과 익숙한 공간은
늘 나를 규정하곤 하지만
모르는 풍경 낯이 설은 이들은
아무런 잣대로도 나를 재려할 수 없음이니
날 가늠해대는 그 어떤 잣대도 잠시뿐이리

먼, 아주 오랜 이후의 시간들이여
하여 우리네 삶은 아무도 알 수 없는
죽음을 향하여 나아가고 있는 것인가

저 낯설어서 어쩌면
더 자유롭고 편안한 것인지도 모르는
삶 너머의 세계로 나아가고 있음인가

무심한 세월

몰래 숨어서 글을 씁니다
내 마음을 보여줄 수가 없어서
그렇다고 없는 듯 사라지지 않기에

혼자 숨어서 이렇게 글을 씁니다
볼 수 없는 마음이라고 그냥
아무 일 없는 듯 잊고 말 수는 없어

어떻게 해야 이 마음을 보일 수 있나요
어찌하면 이 맘을 헤아려 주시려나요
알면서도 모르는 척 그러다 잊으려나요

무심한 삶이 세월이 시간이 하염없이
꿈과 희망과 사랑을 앞에 두고는 저만치
우리네 많은 사연과 이야기들을 실어갑니다

산책

온 종일 집에 있게 되면 늘 그렇듯이
여느 날처럼 산책을 나온다
제일 편한 복장에 선글라스 낀 채로
나를 알아보는 아무런 이 없는
저 표정 없는 자연의 맨살 드러내듯이
제 몸 내비치는 산책로 길 옆 풀과 나무들처럼
이름 없고 이름이 필요 없을 저 자연의 품
그 안으로 걸어 들어가는 난
나를 벗어던지는 홀가분한 발걸음에 설렌다

마음이 먼저 앞서려 하니 몸이 뒤쳐진 듯
발걸음이 앞서려 하니 맘이 불편해 한 듯
해서 나는 사이좋게 몸과 마음의 손을
함께 잡고 씩씩하게 산책길에 나선다
마음과 몸이 사이좋은 산책길의 작은 행복

산책길 위의 사람들

사람과 사람들 사이에 사랑이 없어서
산책길 위 강아지가 주인과 함께 산책 중이다
강아지는 목에 개 줄을 매달고 주인의 손에 이끌려
외로운 사람들 사이로 구경 길에 나선다
저만치 나무줄기 곁에 한 쪽 다리를 걸치고는
그제사 주인이 던져준 먹이를 마음껏 배설해대고
주인은 산책길에 나선 이웃보다는
목줄을 내팽기고 달아날까 걱정이 되는
강아지한테 온통 신경을 빼앗기고 있고
그 모습을 무심히 지켜보는 사람들은
여느 때처럼 산책로를 오가고 있다

당신과의 동행

아름다운 동행입니다
당신은 이미 가시고 곁에 없지만
당신 앞에 서 계시던 당신의 부모님
당신의 품 안에서 새록새록 자라나던 꿈
당신의 꿈이 저에게로 이어져
이제는 어느 사이 우리 아이들의 꿈이 되었습니다

이보다 더 아름다운 동행이 있을까요
이보다 더 아름다운 꿈이 있을 수 있을까요

당신의 생애를 온통 물들였던 꿈 하나가
작은 당신의 분신인 제게 문신인양 새겨졌습니다
너무나도 영롱하여 하늘의 별이 되고만 당신의 꿈이
이제는 먼 곳에서 기억으로만 동행하고 있는 가슴 아픈 그 꿈이

그 별이 나의 분신에 내려앉고
그 꿈이 우리 아이들에게로 다가옵니다
삶은 잠시의 여행이고
가족이란 그렇게 짧아서 아름다울 수밖에 없는
동행의 가록이며 앨범이고 일기장이며 시첩이라고

서리풀의 끝자락이 마악 봄 꽃으로 화들짝 단장을 하고
어느 사이 반포의 너른 품 안으로 안으로만 치달아
그 올 곧고 무성한 뿌리를 내리려 하나 봅니다

당신이 채 못 이루신 아름답던 그 꿈이
당신이 살아생전에 영원히 지울 수 없었던 찬연한 그 꿈이
이 반포의 끝자락에 나서 자라고 어른이 되어가고 있는
사랑하는 두 아이들에게로 살며시 다가와서는 이내
그 곁에서 다시금 무성한 잎새와 가지를 내리고 있습니다

눈물이 나도록 아름다운 삶의 이 이어짐이
삶과 꿈과 희망의 이어짐이
가족이라는 이름의 동행인가 합니다
영원히 함께 하고픈 당신과의 동행입니다

*

　알람시계에 맞추어 규칙적으로 기상하려 하고 있는 저에게, 간단한 몸
풀기와 운동을 하고나서 마시는 한 잔의 물은 마치 생명수인양 하루를 적
시는 활력소가 됩니다. 가족을 챙기는 준비로 분주해지는 손길이 다하고
나면 꿀맛 같은 아침 식사 시간이 찾아옵니다. 짧은 식사시간이지만 그래
도 주거니 받거니 무어 그리 할 이야기가 많은지 가족들과의 이야기 보따
리를 풀어헤치는 사이, 아이들의 등교 시간이 촉박해오면 주섬주섬 못 다
한 이야기를 뒤로 하면서 '안녕, 잘 다녀와' 하는 소리와 함께 현관문이 닫
힙니다.

아침 환기로 열어젖힌 사방의 문들이 닫히고 설거지를 끝낸 후 황금같이 귀하게 찾아오는 차 한 잔의 여유를 만끽하면서 '위기의 가족, 화해의 기술'이라는 MBC 아침마당의 프로그램을 시청하게 되었습니다. 마침, 새아버지와 갈등하면서 지내던 17세의 아들이 이제는 행복한 가정생활을 하고 있는 아름다운 모습이 방영되고 있었습니다.

문득, 내 나이 17세에 함께 살았던 친정식구들의 모습이 떠올랐습니다. 아버지라는 이름의 너른 동산. 그 품 안에서 맘껏 꿈꾸면서 뒹굴고 뛰어 놀던 시절로 되돌아가 보았습니다. 지금껏 살아오면서 이 세상에서 가장 많은 대화를 나누었던 한 사람으로 기억되고 있는 사랑하는 아버지, 당신을 생각하고 기억하지 않을 수 없었습니다. 방금 전 식탁을 함께 하면서 행복한 시간을 나누었던 아이들을 떠올리면서 마음 한 켠에 차려둔 시어의 바구니 속으로 짠해져 오는 감정을 주어 담습니다.

매미가 운다

운다 운다
매미가 운다
맴·맴·맴·맴
맴·맴·매·애애애·앰

저 속으로 울면 될 것을
땅 속에서 살아온 그 숱한
외로움과 인고의 시간을 뒤로 하고

아무 일 없듯이 곧 바스라들 몸뚱이 하나로
나무에 매달리고 창문에 들러붙고 행인의 발길에 짓이겨
형해를 드러낸 그 숱한 몸속의 상흔들

맴·맴·맴·맴
매미가 운다
올 여름도 어김없이 매미가 운다
온갖 살충제 방충제 죄다 그러 앉고도

그 아름다운 인고의 시간들을 잊을 수 없어
청아한 목소리를 한껏 뽐내듯이
운다 운다
매미가 운다

저 속으로 혼자 울면 될 것을
제 속으로 삭힐 수 없는 슬픔
혼자 잊혀져 가기에는 너무나도 아름다운
이승에서의 삶이 저리도 안타까워 구슬프게

운다 운다
매미가 운다
맴 · 맴 · 맴 · 맴
맴 · 맴 · 매 · 애애애 · 앰

*

　제가 지금 살고 있는 아파트는 우리나라에서 최초로 지은 아파트 단지
내에 있습니다. 지은 지 40여 년이 넘은 노후 된 아파트 덕분인지 단지를
에두르며 무성하게 자라나는 나무들이 뽐내는 장관은 가히 숲을 떠올리기
에도 부족함을 모릅니다. 사시사철 계절을 알리는 옷으로 자취를 뽐내는
나무들은 봄엔 개나리, 진달래와 매화, 철쭉, 이른 봄까지 이어지는 벚꽃의
향연을 선사합니다. 여름에는 후박나무 잎에 물이 오르면서 메타 세콰이
어의 자잘한 꽃망울이 옹글옹글 맺히기 시작하면 그 짙푸른 신록의 잎사
귀들이 마치 따사로운 햇살을 겁박이라도 하려는 듯 단지 내의 창문들을

막아서면서, 그 안에서 도란도란 둥지를 튼 가정 가정마다에다 시원함과 청량함을 선사하기도 합니다.

그런데 그 상큼함에 젖어 푸르른 신록의 아름다움에 채 젖기도 전에 어김없이 찾아드는 불청객인 매미들이 있습니다. 눈으로는 푸르른 한 여름의 신록에 한껏 행복함에 젖고 있을 때 귓전을 파고드는 매미의 울음소리라니!

처음에는 그랬습니다. 자연이 눈을 즐겁게 하듯이 귀도 즐겁게 하려나 보지 하고 생각했었습니다. 그런데 매미가 이승에서 보낼 그 짧은 시간의 여행이, 또 저리도 무심하리만치 무표정한 땅 밑의 공간에서 보냈을 인고의 시간들이 두 눈에 밟혀오면서 매미소리를 들을 때마다 혹은 단지 내 보도블록 위로 즐비하게 널려 있어서 무심코 마주하게 되는 매미의 형해가 발길에 닿을 때마다 연민과도 같은 진한 감정이 복받쳐 오곤 했습니다.

7월과 8월, 이르면 6월 말엽부터 울어대는 매미의 울음소리는 가만히 들어 보면 그 끝 무렵으로 갈수록 더욱 더 처절해지는 것 같아서, 거의 고막을 짓이겨 찢어대기라도 할 듯한 기세로 듣는 이의 심신의 균형을 위태롭게 하곤 한답니다. 그 덕분인지 들을수록 고막이 끊어질 듯 예민해 오는 신경의 촉수 속에서 죽음과 맞닿아 있는 매미의 구슬픈 울음소리의 미학을 발견하게 되었습니다. 그런 슬픔의 미학이 이 한 편의 시로서 죄다 표현되어질 수는 없을 테지만 그래도 조금이나마 드러내고픈 바람에서 또 이렇듯 두서없는 시어들을 옮겨 봅니다.

사랑의 기억

당신을 떠나보낸 요 며칠 간
나는 기억으로 주린 배를 채웁니다
단풍잎처럼 뛰는 가슴으로 형형색색의 쟁반을 놓아
여느 때처럼 마주 앉은 듯이 사랑의 식탁을 차립니다

당신과 헤어져 지낸 오랜 시간들
나는 추억으로 배고픔을 달래곤 했지요
보고 듣고 만져보아도 두 눈 시리도록 찾을 길 없어
가슴 한 켠에 썰물처럼 밀려가도 마냥 되돌아오곤 하는 당신의 기억

오래 전 아주 오래 전부터
당신과 만날 수 없었던 그날 그 순간 이후로
당신을 영영 떠나보낼 이승의 마지막이 온다 해도
사랑의 기억만으로도 배부를 수 있었던 이승의 시간들처럼
그렇게 당신과 내가 없는 저승의 이름 없는 어느 길모퉁이 즈음
나는 맥이 끊어진 숨결 넘어 조차도 사랑의 기억을 챙겨가렵니다

*

바리톤 김동규 씨가 부르는 '시월의 어느 멋진 날에'라는 가곡이 있습니다. 그

가사 가운데 '너를 만난 세상. 아무 소원 없어. 바램은 죄가 될 테니까'라는 구절이 있구요. 글쎄…. 우리들이 참으로 귀하고 귀한 인연으로 태어난 이 세상에서 지내는 시간들 가운데 무엇이 그토록이나 가슴에 잊혀지지 않고 새록새록 되살아나는 영원한 생명력을 지닐 수 있을는지요. 위의 자작 시는 사랑하는 사람에 대한 추억과 기억이야말로 우리들의 한 평생이 그 위에 펼쳐지는 캔버스 공간일 수 있다는 사실을 일러줍니다. 마침 '시월의 어느 멋진 날에'라는 가곡에 등장하는 위의 가사도 이런 시의 메시지를 전하고 있고요. 굳이 구체적인 현실의 모습으로 결실을 보는 사랑이 아니어도, 가슴 한 켜에 고이 묻어두는 사랑의 기억 하나쯤만으로도 우리네 삶은 이승과 저승을 넘나들 수 있는 있는 영원한 것일 수 있지 않을는지요.

기다림이란 무엇일까?

－기다림과 지속

기다림이란 무엇일까
기다림이 가능한 이유는 또 무엇일까

삶을 기다림의 연속이라고 정의할 수 있다면
삶이란 곧 지속이기 때문이 아닐까
무언가 변화하고 시시각각 움직이고 있기 때문에
그래서 시간의 흐름처럼 흘러가고 있기 때문에

기다림은 그 기다림의 끝을 드러낼 수 있지 않을까
삶이 곧 지속이라고 할 수 있다면
지속의 실재성은 곧 우리들이 무언가
그 누구인가를 기다리는 행위를 통하여
고스란히 입증될 수 있지 않을까

*

　베르그송은 살아있는 그 모든 것들은 지속한다고 말합니다. 살아있을 수 있는 그 이유는 시간의 흐름과 하나가 되어 지속하기 때문이라고 합니다. 이런 지속을 마치 온몸으로 느낄 수 있을 것만 같이 불현듯 찾아온 느낌을 전율에 사로잡혀 시어의 바구니에 주어 담았습니다.

이상한 인연(因緣)

나는 삶을 인연이라 부르고 싶다
수많은 생명의 씨앗 가운데 축복인양
지금 이렇게 앉아선 이 자리

모나거나 헤집어져도 되돌아오는 자리
좁아터져 곪은 상처로도 머무르는 자리
서릿발 풍상 맞으면서도 지켜내야 하는 자리

수많은 인연들이 노래되어 작열하듯 만난다
짧은 순간의 섬광처럼 번득이는 눈과 눈의 만남이
이곳저곳에서 찰나를 불태우는 나비처럼
영원으로의 비상(飛翔)에 슬픈 아름다움에 젖는다

내 삶을 무어라 말할 수 있을까!
그처럼 영겁 세월을 기다려 맞이한 인연이
나와 너라는 다른 이름으로 헤어짐이 되어
섬광처럼 순간의 황홀한 만남에 넋을 잃다가도
돌아가는 뒷모습은 텅 빈 이승의 자리
영영 되돌아가야 하는 자리는 저승의 자리

나는 삶을 이상한 인연이라 부른다
살아가는 동안 그토록 숱한 그리움으로
나 아닌 너를 부르며 시간을 넘어서다가도
돌아가는 뒷모습은 텅 빈 이승의 자리
영영 되돌아가야 하는 자리는 저승의 자리
나는 삶을 이상한 인연이라 부르고 싶다

*

    굳이 철학이라는 의심과 궁금함. 의혹과 회의의 학문을 전공으로 해서
만이 아닙니다. 40대를 넘어서면서 저의 사고는 늘 이웃과 지인(知人)들
에게로 향하고 있다는 사실을 깨닫게 되었습니다. 그 이유는 아마도 아이
들 아빠의 손에 이끌려 주일의 신앙생활을 지키면서 하나님에 대한 믿음
이 자라나는 것과 동시에 이웃에 대한 사랑과 관심이 싹터왔기 때문인 것
같습니다.

    그런데 요즈음 이런 생각이 문득문득 떠오르곤 합니다. 그토록 어려운
확률로 이 세상에 출세하여 나와 동일한 하늘 아래서 호흡하고 있는 이
웃과 지인들을 저는 과연 그 얼마나 알고 있는지요. 대문 밖을 나서면서
가볍게 마주치는 눈인사나 본당 입구에 선 줄 사이로 건네는 짧은 악수
의 손길. 심지어 가장 질긴 인연의 끈으로 엮어 있다는 가족마저도 학교
나 직장으로 흩어 지고나면 어김없이 홀로 남겨지게 되는 저라는 이 빈자
리로 말입니다.

    그 빈자리에 저를 앉히려고, 한 점 의혹도 없이 해맑고 아름답게 그려
내고자 아등바등 보내온 세월이 흘렀습니다. 프랑스 탈현대철학인 구조주
의와 후기구조주의 사상을 접해온 요 몇 년간 저는 그 자리가 이상한 자

리가 아닌가 하는 의혹으로 그저 두렵기까지 합니다. 애시 당초 저라는 이름은 그저 보이지 않는 구조의 한 그물코에 불과할는지도 모를 일이기 때문입니다.

우리네 인생들이 정(情)을 보듬어 이렇듯 마주 건네는 따스한 시선들이 시간의 회오리바람에 파열하듯 한 줌 재로 남겨지게 된다면 그 때 이승에서의 우리들의 인연을 무어라 부를 수 있겠는지요. 너무도 아름다워 순간에 빛을 바래고 마는 삶으로의 여행을 저는 그저 이상한 인연이라고 이름 지을 수밖에 없을 것 같습니다. 너무도 안쓰러워 다가가서 위로해주고픈 이웃들의 상처와 너무도 안타까워 보듬어주고 싶은 저의 이 슬픔이, 순간에 작열하듯 파열하여 무(無)로 화하고 마는 삶을 저는 그저 이상한 인연이라 부를 수밖에 없을 것 같습니다.

그와 그녀
－옆과 곁

그 옆에는 그녀가 있고
그녀 옆에는 그가 있다

그 곁에 서고 싶고
그녀 곁에 서고 싶다

그 곁에 그녀는 없고
그녀 곁에 그는 없다

그 옆에 서고 싶지 않고
그녀 옆에 서고 싶지 않다

우리 옆에는 늘 누군가가 있고
우리 곁에는 늘 함께 하고픈 이가 있다
그래서 우리 곁에는 영영 아무도 없다

*

　이 시는 늘 곁에 머무는 소중한 이들을 기억하면서도 그러나 그들 옆으
로 가까이 다가가 당당히 설 수 없게 하는 알 수 없는 그 어떤 진한 느낌

의 정체를 곰곰히 생각하면서 써 내려간 한 편의 시입니다. 그 정체는 바로 그 곁에 늘 그녀가 있고 그녀 옆에는 늘 그가 있음인 것 같습니다. 가족이라는 이름으로, 연인이라는 이름으로 또 다른 숱한 이름 때문에 우리들은 그 누구인가에게로 향하려는 발걸음이 지금 이 순간도 그저 조심스럽고 두렵기까지 할 뿐입니다.

순연한 아름다움

당신이 원하는 모든 것이 충족되어
난 지금 슬픕니다
의 · 식 · 주
살아가는 데 필요한 기본적인 욕구가
부족함이 없을 때
부족함을 모를 때
하여 우리 인간은 무엇을 욕망해야 하는 건지요

저 거리에 넘쳐나는 욕망들
사람과 사람 사이를 매우고 선 거짓된 욕망들의 도시

그래요 난
무언가 살아가는 데 필요한
기본적인 욕구만을 충족시키고자 열심히 좇고 있는
당신이 너무도 아름답습니다

당신의 그 순연한 아름다움이
너무도 부럽습니다

난 어쩌면
나는 거짓된 욕망의 노예 같다는 이 누추함 속에서
그저 추하고 부끄럽고 또 그래서 슬플 뿐이랍니다

*

　의식주 이외의 욕망을 좇을 때 상대적으로 공허해 오는 −그 끝이 없음을 알기에− 인간의 욕망이라는 마음을 응시해 봅니다. 실재하지 않는 것에 집착하는 거짓 욕망으로부터 자유로울 수 없는 현대인들의 삶과는 달리, 의식주의 기본적인 욕구만으로도 마치 행복한 듯, 아니지요 우리들이 꿈꾸는 행복 따위는 애초 없다는 듯이 아랑곳 않는 저 애완동물들의 이유 없는 행복함과 무심한 게으름을 지켜보면서 참으로 많은 생각을 하지 않을 수가 없었습니다.

정현종 시인의 「견딜 수 없네」에 붙여서…

'견딜 수 없네'

갈수록 일월(日月)이여
내 마음이 더 여리어져
가는 8월을 견딜 수 없네
9월도 시월도 견딜 수 없네
흘러가는 것들을 견딜 수 없네
사람의 일들 변화와 아픔들을 견딜 수 없네
있다가 없는 것
보이다가 안 보이는 것
견딜 수 없네
시간을 견딜 수 없네
시간의 모든 흔적들
그림자들
견딜 수 없네
모든 흔적은 상흔이니
흐르고 변하는 것들이여
아프고 아픈 것들이여

－정현종

*

　베르그송의 시간철학을 전공으로 하는 저에게 시간의 의미에 대한 물음은 늘 머릿속을 떠나지 않는 화두와도 같았습니다. 그러나 시간이란 과연 무엇일까 하는 의구심조차도 시간의 흐름을 필요로 하는 아리송한 상황에 처해 있는 우리네 인간들이어서, 시간이란 어쩌면 알고자 하는 물음의 대상을 넘어서는 메타적인 차원을 허락하지 않는 삶의 영원한 맞수요 천적이리라는 믿음이 굳어져 오는 즈음에 정현종 시인의 이 시를 접하게 되었습니다. '견딜 수 없네'라는 제목 자체가 무어라 표현할 길 없는 의식의 쭈뼛함을 자아내는 이 시를 처음으로 접하면서 저는 적잖이 당황할 수밖에 없었습니다. 시간의 흐름을, 이 알 길 없는 삶의 이어짐을 참을 수 없는 상흔이나 아픔으로 토해내고 있는 이 시인의 살아가는 모습이 자꾸만 궁금해져오면서 눈앞에 어른거렸기 때문이지요. '체, 참을 수 없으면 또 어떡하려고, 저도 별 수 없이 또 하루를 이렇게 살고 있으면서 무슨 폼이라도 재려는 양 참을 수 없다며 호들갑이람….'

　그랬습니다. 솔직한 저의 심정은 마치도 엄마 손을 잡고 길을 나서는 어린 아이가 투정을 부리는 듯한 그런 심정으로 이 시인을 이해했었지요. 처음엔 어린양이나 투정쯤으로 읽어 내리던 이 시가 그러나 다음과 같은 마지막 연의 시어들을 다 읽은 후에야 진한 공감과 아픔의 공유(共有)로 저미어옴을 느낄 수 있었습니다.

"모든 흔적은 상흔(傷痕)이니
흐르고 변하는 것들이여
아프고 아픈 것들이여"

시간과 삶의 흐름에 대한 정현종 시인의 예리한 감성이 어리광이라고 치부하던 조금 전의 저의 생각이 저도 모르는 사이에 어느덧 그의 아픔에 가닿아 있었던 것입니다. 그의 어리광이 엄살이면 어떻고 과장이면 또 어떠하겠습니까. 이렇듯 그가 아파하고 또 참을 수 없어 하는데, 견딜 수 없어 하는데, 그러면서도 꿋꿋하게 인내하면서 승화시킨 감성의 찬연함을 토해내고 있는데. 그의 아픔과 견딜 수 없음은 그래서 찬란하고도 영롱한 진주알처럼 독자들의 가슴에 사뿐히 내려 앉아 이 메마르고도 황량하기 이를 데 없는, 사막 같은 삶을 촉촉이 적시어주는 묵시록적인 위안이 되어주고 있지 않은지요.

베르그송의 시간철학을 전공하면서 저는 으레 시간의 흐름이나 지속이 그저 그렇게 무표정하니 이어지는 쉼 없는 과정쯤으로 이해해왔습니다. 그 안의 아픔이나 슬픔과 영광이나 기쁨 등도 표정 없이 사그라져 잊혀져 가면 말뿐인 흐름의 에두름이려니 체념하는 심정이었다고 표현 할 수 있을 것 같습니다. 그러나 제가 그렇게 무표정하게 단념하고 체념해오던 이 시간의 흐름 앞에 외로이 홀로 서 있는 듯 느껴져 와도, 이 시를 알고 난 앞으로는 저 시인의 시구처럼 당당하게 아프다며 어리광을 부려도 될 것 같다는 용기가 생겼습니다. 비록 그런 용기가 만용에 가깝다고 할지언정 그러면 또 어떻습니까. 저에게는 아픔과 상흔을 보듬고 위로해가며 함께 살아가고 있는 많은 사람들이, 삶을 사랑하며 시를 사랑하는 많은 사람들이 있으니까 말입니다.

지금 이 순간도 견딜 수 없이 아프고 아픈 삶의 시간들의 뒤꽁무니, 그 허허로운 사라짐의 뒷모습에 시린 가슴을 추스르며 화이팅 하시고 계실 그 알듯 모르는 모든 이들에게 연민과 진한 사랑의 마음을 전하고 싶습니다. 살아있어서, 견딜 수 없이 아픈 시간의 상흔을 참고 있어서, 그냥 그렇다는 사실 그 하나만으로도 사랑스럽고 또 보듬어주고픈 저와 당신 우리들의 삶이 슬프도록 아름다워서 말입니다.

시간을 견디면서

꼭 다문 입술 사이로
삐죽 새어나오지 못하게
꼭꼭 누르고 누른 이 아픔

이 믿기지 않을
삶의 서글픔을
가난이라는 불편함을
여자라는 아픔을

아니 너무도 서럽기에
서러우리만치 가난하기에
여자라고 푸념해댈
여유조차 갖지 못하기에

넋두리할 시간의 틈조차
허락받지 못하는 일상은
넉넉한 기억조차 사치려니

기억의 흔적을 추스르기도 전에
아픔을 가슴으로 주워 담기도 전에
쉽사리 정리되어 운반되는
저 무심한 이삿짐 트럭의 뒷모습처럼

아픔을 애써 잊고자
가난을 이겨내고자
여자임을 달게 받고자
오늘 또 하루가 간다

*

　한 번뿐인 삶을 살 수밖에 없는 우리네 인생이라지만 그 안을 들여다보면 참으로 많은 구구절절한 이야기와 사연들이 똬리를 틀고 앉아 있습니다. 저마다 자기 자신으로서밖에는 살아갈 수 없는 주어진 여건과 환경이 어디 그리 입에 맞기만 한 것일 수 있을는지요. 달면 삼키고 쓰면 뱉어버린다는 감탄고토라는 말처럼 살기가 너무 힘들다고 해서 한 번뿐인 삶을 내팽개치고 죽어라 뱉어버릴 수만은 없지 않겠는지요.

　우리네 인생길이 아무리 힘에 부치고 비루하고 남루한 것일지라도 어차피 시간은 누구에게나 공평하고 또 어김없이 흘러가고 있습니다. 요즈음 먹고 살기가 참 어렵다는 말을 하곤 합니다. 월급으로 비교적 안정적인 삶을 사는 듯해 보이는 사람들도 언제 직장을 그만 두게 될까봐 전전긍긍해 하지요. 우후죽순 격으로 골목마다 들어서는 자영업자들도 비싼 임대료와 인건비를 감당할 수 없어서 하루아침에 문을 닫곤 합니다. 하우스 푸어를 비롯하여 가난(푸어)을 수식어로 하는 온갖 신종어들이 난무하고 있습니다. 성공지상주의의 고삐가 풀리면서 앞만 보고 질주해오던 시선이 주변의 이웃들과 삶의 애환으로 난감해 하고 있습니다.

　배 불리 잘 먹고 등이 따스하면 잘 사는 것이라는 생각을 이제는 이렇게 바꿔보았으면 합니다. 적당히 먹고 등이 조금 시리어도 시간을 함께 견디면서 살아가고 있는 모든 살아있는 생명에 대한 관심과 배려가 바로 잘 사는 삶, 웰−빙의 제 일 순위라고요. 오지 않을 수도 있는 먼 미래를 향하여 질주하는 성공제일주의에 대한 믿음으로부터 이제는 좀 더 자유로워졌으면 합니다. 먼 미래 때문에 지금 이 귀한 시간을 마냥 담보물로 저당 잡혀서는 안 되겠습니다. 가까운 곁에서 힘겨운 삶을 함께 살아가고 있는 이웃에게로 따스한 눈길을 돌려야할 때인 것 같습니다.

시간의 반란

하여, 주여
우리 인간들의 반란을
너그러이 용서해 주소서

더도 덜도 바랄 수 없는 목숨
꼭 그렇게 당신이 허락하신 대로만
봄 날 따스한 햇볕 아래 흐드러지게 피다가
이름 모를 한 겨울 까닭 없이 내동댕이쳐질 가여움

해서, 주여
시간의 반란을 지켜보시는
그 자애로운 눈길의 궁휼을 잃지 마소서

우리 인간들은 그다지 여유롭지 못합니다
우리 인간들은 그다지 행복할 수 없습니다
우리 인간들은 그다지 평강할 수 없습니다

더도 덜도 원망할 수 없는 이름
살아 숨 쉬는 생명의 아름다움이건만
꼭 그렇게 당신이 허락하신 대로만

흐르고 또 흐르는 저 무심한 시간의 강물에
당신의 따스한 품 속인양 영원을 허락 하소서
당신의 영원의 증표인양 시간의 반란을 허락 하소서

*

　요즘 키에르케고어의 사상에 관한 논문을 준비하면서 새삼 시간의 역설
에 대하여 곰곰이 생각해 보고 있습니다. 키에르케고어의 바람처럼 이승
에서의 유한한 삶의 시간 속에서 절대자의 시간성인 영원을 과연 만날 수
가 있을지요. 오고 있지만 동시에 가고 있는 것이 시간이고, 맞이하고 있지
만 또 동시에 떠나보내야만 하는 것이 시간이질 않은가요. 온갖 희로애락
의 감정이 지닌 그 원색적인 빛깔을 돌연 무채색으로 무화시키곤 하는 변
덕과 안절부절과 의심과 자포자기하는 순간들이 많습니다.

　만일 우리 인간들이 인간을 넘어서는 그 어떤 이름을 알지 못한다고 한
다면 과연 어떻게 유한한 시간의 동물인 우리들이 무한을 꿈꾸면서 우리
들 앞에 놓여진 삶의 유한함과 무상함과 덧없음 앞에서 절망하고 절규할
수가 있을는지요. 저 실존철학의 아버지인 키에르케고어의 이야기처럼 '죽
음에 이르는 병'을 키워갈 수가 있을는지요. 그는 이런 물음에 대한 해답
을 하나님으로부터 찾았습니다. 절규하듯이 절망했던 실존의 고뇌 앞에서
그는 마침내 시간의 반란(反亂)에 성공한 개선장군과도 같았다고 할 수 있
을는지요.

　시간 속에서, 유한한 인간의 시간 바로 그 안에서 어떻게 영원을 꿈꾸며
영원의 증표(證票)인 하나님을 바라보는 일이 가능할 수 있을까 곰곰이 생
각하지 않을 수가 없습니다. 다만 신앙과 믿음의 힘으로써 만이 아니더라
도, 만일 그런 시간의 반란과 역설이 가능하다고 한다면 그런 반란을 꿈 꿀
수 있는 삶이야말로 슬프도록 아름다울 수 있는 것이 아닐는지요.

시간의 비밀

집중하는 시간
시간에 집중함인지
시간의식이 집중함인지
애당초 집중하고 몰입하는 세상으로서의 시간은 없는 건지

나의 시간의식
시간의 흐름에 대한
체험으로서의 '나'의 발견

나를 발견하는 전율과 설레임으로
이 순간, 지금 이 곳에서의 시간에
황홀하리만치 모든 것이 제 자리를 차지하고 앉아선
가랑비 내리는 어느 오후의 우울한 빗소리

마치 모든 것이 영원히 한 점에서
부동의 자세로 그렇게 변하지 않을 것 같은 착각에
쉿, 시간의 비밀을 말씀드리겠습니다
정말이지 지금 이 순간에 고스란히 온전하게 주목해 보세요
그 때 엿가락처럼 늘어나는 순간의 시간의식이
당신을 저 무한한 우주 너머의 시간과 공간
사차원의 세계로 당신을 실어 나를 테니까요

비밀이에요, 정말 비밀을 지키셔야 해요
그 때 당신은 온전히 만나게 될 당신 자신으로 인해
황홀하리만치 아름다운 전율을 느끼게 될 테니까요
너무도 눈부시고 아름다워서 지그시 눈 돌리면서도 잊을 수 없을

그래요
그렇고 말구요
사라지고 있는 것들이
기억되고 있는 시간의 비밀

보이지 않는 것들이
보이지 않고 있는 것들이
시야에서 점점 멀어지고 있는 것들이
그런 모든 것들인 이 삶이
새록새록 기억으로 증폭하고 있습니다

그래요
정말이지 꼭 비밀을 지키셔야 해요
그 모든 헤어짐과 이별을 뒤로 한 채
차곡차곡 쌓여만 오는 시간의식의 두께
지금 이 순간에 몰입함으로 해서 불어나는 우주만큼의 기억

쉿, 이건 극비에요
처음부터 끝까지
순간이 바로 영원이랍니다
어쩌면 시간이란 없는 것이고요
애당초 우리네 슬픈 삶의 이정표일 뿐이고요

*

추신: 천기누설

3부

지금 이 순간

시간의 역설

무언가 열중하다가
열심히 책을 읽다가
타임머신을 타고 시간과 공간을 활보하다가

그러다가 '쨍그랑' 유리 깨지는 소리에 놀라듯
자동차 클랙슨 소리 질주하는 일상의 광란
고층 아파트 방충망으로 잘못 찾아든 매미의 서글픔에 눈뜬다

내가 누군지
그 누구라도 무엇이라도 될 수 있는 상념의 자유
그 날갯짓이 순간의 찰나에 불과했던 듯
되돌아 온 텅 빈 집안의 나라는 자리

시간 속의 자유로운 일상의 무료함
자유를 구가할수록 낯설어만 오는 되풀이 되는 삶
열정의 나무가 자랄수록 짙게 드리워져가는 무덤덤한 일상의
권태감

그 모든 모순과 역설을 뒤로한 채로
무럭무럭 자라나는 삶의 기쁨과 슬픔이여
쥐락펴락 시간을 응시하는 현기증과도 같은 시간의 역설이여

*

    오랜만에 열심히, 정말 집중하여 독서에 몰입하다가 창밖의 소음에 문득 화들짝 놀라 일상으로 되돌아온 저의 의식을 들여다보게 되었습니다. 텅 빈 이 집에 왜 저 혼자 앉아 있는 건지 그저 자꾸만 낯설어오는 시간과 공간을 직시(直視)해 보았습니다. 그런 시선의 느낌이 이렇게 '시간의 역설'이라는 제목의 시로서 승화되었답니다.

어느 회의주의자의 고백

나
잠시
이렇게
바람처럼
살다 갑니다

어느
늦은
저녁녘

휭하니
흔적 없이
사그라지는

형체 모를
저 구름
빛 바래는 모든 것들
어둠과 혼돈 속에
저조차 알 수 없는 시간의 표류

나
삶의 이름 없음에
온몸을 기대어 선 채로
지금처럼 내일을 약속하지 않으렵니다

이것과 저것이 있다 하지만
이것도 저것도 될 수 없기에
뿌리 채 흔들리는 회의주의의 나락

나
차라리
바람처럼
훌훌 자리를 털어

어느
늦은
가을 녘

모든 것이 있었다지만
아무 것도 아니었다고
나라는 또 하나의 이름
나조차 알 수 없는 모르는 이름

주여
당신이 계시다면
이 무념무상의 나라는 이름을
당신의 긍휼로 꼬옥 채워주세요

*

키에르케고어 저서의 번역서 가운데 하나인 『철학적 조각들』의 역주 41번에는 다음과 같은 이야기가 나옵니다. "회의주의자는 연구와 추구에 있어서 '탐구적(zetetic)'이고 그것을 추구하는 연구자의 마음의 상태에 있어서는 '판단정지적(ephetic)'이고, 사람들이 흔히 말하듯이 의심하면서 추구하는 습관이나 혹은 긍정과 부정에 대하여 결정하지 않는 습관에 있어서는 '회의적(aporetic)'이라고 부를 수 있다. 그리고 피론이 다른 어떤 철학자들보다 더욱 철저하게 이 원칙을 따르려고 했다는 점에서 이 학파를 '피론주의'라고 부를 수 있다."

이 글을 접하면서 떠오르는 무수한 생각과 두서없는 느낌들의 방황을 시어의 바구니에 다시 한 번 더 담아내지 않을 수가 없었습니다.

어지러운 마음

마음을 들여다보고
마음을 훔쳐보고
마음을 덮어 둔다

원래 보이지 않는
바람 같은 마음이라지만
마음으로 상처 받고
마음으로 절규하고
마음으로 몸져 눕는다

바람처럼 나를 세워
아무런 표정 모르듯
저기 저 무심한 세월

어지러운 삶

나의 열정을 집어삼킨 시간
배반의 시린 생채기 보듬으며
쓰다 달다 채 말도 못 하고

나의 시간을 무화하는 일상
끊임없는 순간의 어지러운 해후에
이도저도 모를 이정표 없는 삶
어지럽고 무표정한 세월의 뒷모습

*

아이와 함께 키네스에 다녀온 후 악몽과도 같았던 시간들을 뒤로 하면서 그 때의 느낌들을 반추하지 않을 수 없었습니다. 해묵은 먼지를 털어내려는 듯이 아파했던 느낌들이 반듯하게 정리되면서 그 용트림을 멈추어 정지합니다. 시로 토설해내지 않고서는 도저히 삭혀지지 않을 듯했던 분노감이 어느새 진정되는 듯 신기하게 가라앉았습니다. 살아있는 동안 내내 시를 쓰지 않고서는 살아갈 수 없을 것 같습니다. 시가 저에게 주는 삶의 위안과 평화로움을 과연 다른 그 어느 곳에서 찾을 수 있을는지요.

제가 당신을 사랑한다면

제가 당신을 사랑한다면
그건 바로 한번이 아니기 때문입니다

당신과 두 눈이 마주친 첫 순간부터
그 이후로 주욱 지금에 이르기까지

두 번이 세 번 세 번이 영겁인양
무한 반복하여 일구어낸 사랑의 성채(城砦)

제가 당신을 사랑하는 이유는
그 영겁 무한의 반복이 지어낸 빠져나올 수 없는
기억의 성채 때문입니다

이제는 스스로 그 안에 갇혀버린 사랑의 공주(公主)
저의 삶은 분명 이 기억의 성에서 닻을 내리게 되겠지요
영원히 당신만을 사랑하면서 말이에요

*

　노벨 문학상을 두 번이나 받은 폴란드의 여류시인, 심보르시카는 '두 번이란 없다'는 시를 발표했습니다. 베르그송의 지속(持續)을 이해한 시(詩)인 듯해서 내심 이 시에 놀라지 않을 수 없었습니다. 그러나 이 시의 제목처럼 만일 모든 것이 오직 단 한 번뿐이라고 한다면 견고한 우리들의 자아는 현기증으로 분열하지 않을 수 없을 것입니다. 아니지요! 어쩌면 애당초 자아라는 이름조차도 낯선 무념무상일지도 모르겠습니다. 나의 몸, 내 집과 사랑하는 우리 가족, 나의 인생과 삶의 의미 등등 말입니다.

　이런 의미들로 고단한 몸을 추스르면서 하루하루를 마냥 새롭게 출발하고픈 생명의 약동, 엘랑-비탈! 그래서 난 두 번, 아니 세 번이고 그래서 영겁과도 같이 되풀이 되는 삶의 의미와 가치로 시선을 돌리지 않을 수가 없습니다. 일상의 삶과 생명을 사랑하는 애틋한 두 눈길로써 말입니다. 매번 한 번뿐인 지속이 기억으로 인하여 어떻게 풍요로운 사랑의 성채를 지어가는지를 표현하고 싶어서 써 내려간 시가 곧 이 시(詩), '제가 당신을 사랑한다면'입니다.

풀꽃처럼 낮은 곳으로

떠나온 곳으로 다시 돌아가고 싶다
산책로를 걸으면서 어제도 오늘도 또 내일도
나지막이 길옆으로 잔잔하게 드리운 풀꽃들처럼
이름도 성도 알 수 없는 저 낮은 생명들의 환희

살아가는 그 많은 날들의 시간이 뫼비우스의 띠처럼
헤어진 죽음과 살아갈 생명이 매양 제자리에서 하나 되어
어머니의 그 어머니와 아버지의 그 아버지
아들의 그 아들과 딸의 그 딸들
한 자리에서 껴안고 뒹구르는 영생의 축복

그래 저 자리에서 낙엽이 된 어제가
오늘 새로운 생명으로 잉태되어
마치 시간이 멈춘 곳에서부터 가능할
헤어짐을 모르는 영원한 생명의 축제

떠나온 곳으로 다시 돌아갈 순 없을까
어머니의 그 어머니와 아버지의 그 아버지
헤어진 아픔과 슬픔 바로 그 자리 위로
나지막이 고개를 든 저 이름 모를 풀꽃처럼
떠나온 그 곳으로 나도 다시 돌아가고 싶다

*

　요즘 일주일에 서너 번씩 혼자 산책로를 걷곤 합니다. 그럴 때마다 산책로 양 옆으로 길게 늘어선 풀 위로 향하는 시선을 뗄 수가 없습니다. 살아 있는 싱싱하고 서슬 푸른 잎사귀들과 낙엽이 되어 죽어 있는 형해가 뒤엉켜 마치 생사일여(生死一如)의 깨달음을 선사하기라도 하는 듯한 자연의 모습에 온 넋을 빼앗기곤 하지요. 문득 참으로 부럽다는 느낌이 진하게 가슴 속으로부터 솟구쳐 올라오곤 한답니다. 먹고 살 길을 찾아 집을 떠나 명절이 되어서야 도란도란 모일 수 있는 온 가족의 헤어짐이 무덤덤한 일상이 되고만 현대인들의 떠돌이 삶과는 이 얼마나 대조적인 모습일는지요. 할머니와 할아버지, 어머니와 아버지와 그 아들과 딸들이 한데 뒤엉켜 헤어짐을 모르는 저 놀라운 생명의 모습이 그저 부러울 따름입니다. 죽은 듯한 생명이 어느새 새로운 삶을 얻고 살아있음은 일순간의 비바람과 한 순간 잎 새의 꺾임에도 아랑곳 하지 않는 채로 생사를 자유로이 노닐고 있는 듯한 저 자연의 모습.

　문득. 그 어떤 일이 일어나도 저 이름 없는 풀꽃들은 헤어짐을 모르겠구나 하는 생각이 들었습니다. 문득 동물인 저의 생명이 산책하는 이 두 발걸음에 시선이 맺혔습니다. 걸어 움직여서 자유를 찾아 이곳저곳을 헤매일 수밖에 없는 동물이기 때문에 사랑하는 피붙이들로부터 우리는 혹여 너무 멀리 떠나오고 만 것이 아닌지 하는 생각이 들었습니다. 저 이름 모를 풀꽃의 생사일여가 너무도 샘나고 부러워 죽을 지경입니다. 어머니와 그 어머니, 아버지와 그 아버지, 아들과 그 아들과 딸과 그 딸들이 오순도순 늘 함께 할 수 있어서 저 풀꽃들은 참말로 좋겠습니다. 저기 저만치 우뚝 서 있는 왕 할아버지 할머니 고목이 영원의 미소를 자애롭게 지으면서 나무 주변을 에워싸고 있는 풀꽃들을 내려다보고 있습니다.

　이제 곧 헤어진 피붙이들의 얼굴들을 다시 만나 볼 수 있는 민족의 명

절인 한가위가 다가옵니다. 잠시나마 저들처럼 생살 부대끼면서 늘 하나가 될 수 있는 한울 생명을 꿈꾸어 보면서 산책길을 벗어나 홀로 집으로 돌아왔습니다.

키에르케고어의 『사랑의 역사』에 붙여서…

키에르케고어는 『사랑의 역사(役事)』에서 이렇게 말했습니다. 사랑은 자애이며 내면성이고 영원성이라고요. 사랑은 시간성에 맞닿아 있지 않고 영원성에 맞닿아 있어서 늘 그렇게 샘솟는 행위의 원천이라고요.

사랑하라. 시간의 덧없음에 휘둘리지 말고 서로 사랑하라. 영원인양 변함없는 표정으로, 시간의 흐름에 동요하지 않는 무표정함으로 사랑밖에는 더도 덜도 모를 순연한 내면성으로 서로를 사랑하라.

사랑해야 하는데, 사랑해야 한다고 하는데 어떻게 사랑해야 하는지 그 방법을 찬찬히 일러 주지 않았던 그가 그러나 미워 옵니다.
나! 내가 사랑해야 하는 사람들. 아니, 사랑해도 되도록 허락받은 사람들. 가족과 지인(知人)이라는 이름의 사랑하는 사람들, 사랑할 수 있는 사람들, 사랑해도 괜찮은 사람들.

그러나 내가 할 수 있는 일은 단지 아침 상 준비와 설거지, 청소와 빨래 정도가 고작이지요. 움직임이 없는 그 많은 시간들을 나는 어떻게 사랑해야 하는지 알 수가 없습니다. 가슴 속 기도로 사랑하는 이들을 위한 마음만을 키워가야 하는 건지 알 수 없습니다. 키에르케고어가 힘주어 말하는 사랑의 행위를 과연 어떻게 일궈 낼 수 있을지 나는 그저 묵묵부답으로 서재만을 지키며 연구할 뿐입니다.

마음은 계속 사랑으로 커져만 가고 있는데 몸으로 드러낼 수 있는, 드러내야 할 사랑에는 너무도 많은 제약이 뒤따르고 있는 듯합니다. 마치도 내 몸이 마음을 안아담기에는 부족한 듯이 그렇게 말입니다.

학교 다녀오다가

밖에만 나갔다 오면
마음에 뻥 뚫린 구멍 하나
지인(知人)을 만나도 얼마큼 아는지
그럭저럭 아는지 모르는지
낯설어 오기만 하는 귀갓길

혹여 이런 서먹함이
내가 나이지 않아서인지
아니 어쩌면 애당초 나란
없는 게 맞아서일는지

매일매일 알고만 싶은
이 알 수 없는 의문 앞에
주저앉고 마는 또 하루는
기억하고 말뿐인 시간의 흐름

＊

　선험성(先驗性)이란 무엇인지요? 경험을 가능하게 해 주는 그 무엇이 있다고 생각하면서 그런 것을 우리는 선험적인 것이라고 말합니다. 프랑스의 현대 철학자 미셸 푸코는 그런 선험성이 다만 역사적으로 형성되어진 가공물이라고 말했습니다. 그래서 이를 '역사적 선험성'이라고 불렀습니다. 만일 제가 푸코가 말하는 것처럼 역사적 선험성에 의하여 저라고 길들여져 온 것이라면, 애당초 처음부터 저의 실체(實體)는 당연히 있을 수 없을 것입니다. 오늘날 현대 프랑스철학의 해체론은 이를 당연하게 받아들이고 있지를 않는지요.

　그러나 저는 이런 의문을 떨쳐버릴 수가 없습니다. 저는 애당초 있지 않고 단지 '저라고 불리는 저'만이 있을 수 있다고 할지언정. 아무튼 제가 누구인지를 알고 싶어 하는 이 '메타적인 저'는 분명 존재하지를 않는가 말입니다. 그래서 이 글을 쓰면서 글을 쓰고 있는 자아를 직관하고 있는, 마치 분열증에라도 걸린 듯한 제가 분명히 있습니다. 그런 저란 과연 무엇이란 말인지요. 현실에서의 경험을 주시하면서 그 너머에서 마치 삶을 조망하고 성찰하며 되새김질 하고 있는 이런 저의 정체는 과연 무엇이란 말인지요. 변하는 자아들을 넘어서서 마치 그 무수한 자아들을 화폭에 꿰차듯이 응시하고 있는 이런 저의 자아를 살아있는 동안은 한시도 외면할 수가 없을 것 같습니다.

허밍 웨이(Humming Way) 산책로를 걷다가

허밍 웨이를 걸어오다가 걸어오다가
눈길 저만치 뒤돌아 살펴보는 이름 모를 누군가
앞서서 내달리는 뒷모습의 이름 모를 누구인가가

그래요, 그 때 그 순간
아직도 잊지 못하고 가슴에 간직해온
물론이고 말구요
방금 전의 모습인양 또렷이 기억해낼 수 있는
당신의 얼굴이고 말구요

허밍 웨이를 무심히 걸어가다가 걸어가다가
집으로 난 그 아름다운 산책로를 빈 가슴으로 걷다가 거닐다가
우연히 마주치는 이름 모를 얼굴이 당신이었으면 참 좋겠네요

어제도 생각했지만 만나지 못했는데
그제도 보고파 했지만 만날 수 없었는데
한 달 두 달이 일 년이 되더니
한 해 지난 시간이 어느 사이 십 년 성상을
훌쩍 넘기고만 세월이 되어버린 지금

허밍 웨이 산책로를 걸어서 집으로 돌아오는 길에
학교 다녀오면서 적적하고도 외로운 가슴 한 켠으로
관념의 나래를 접고 현실의 나락으로 내려앉는
집으로 향하는 발걸음을 등 뒤로 하면서

벚꽃 잎사귀, 철 이른 단풍나무, 소나무와 후박나무
높다란 가지 끝으로 가녀리게 매어달린 새들의 둥지
참으로 아름답고 놀라운 자연의 작품들을 감상하면서
마음은 늘처럼 당신께로 난 이 길을 걸어가고 있습니다

집으로 향하는 이 길 위에서 우연인양 마주치는 누구인가가
그래요 당신의 얼굴이었으면 얼마나 좋을까요
어제와 그제 일 년과 그 오래된 헤어짐의 시간들이
파도에 휩싸여 흔적 없이 사라지는 모래성이 되어

그래요 무심히 스쳐 지나가는 저 우연인양 헤어지는 얼굴이
가슴에 두고두고 묻어 두어 영원히 지워질 수 없는 당신의 얼굴
바로 그 때 그 곳에서의 당신의 모습인양 새록새록 되살아납니다

*

    언제나처럼 6호선과 4호선 전철을 이용해서 강의를 마치고 집으로 돌아오는
길 위에서의 단상을 옮겨보았습니다. 얼마 전에 서초구의 산책로 정비 사업의
일환으로 새롭게 단장을 한 '허밍 웨이, 휘파람 산책로'는 참으로 아름다운 길입

니다. 양쪽으로 즐비하게 늘어선 사철나무와 봄을 맞이하여 만개하기 시작한 벚꽃 이파리들이 살짝 어깨에 내려앉을 듯 가벼이 주어대는 안무에 온 넋을 빼앗기곤 하지요. 늘처럼 저의 경쾌한 발걸음은 4호선 동작역에서 집으로 향하는 길에 난 산책로를 사뿐사뿐 밟곤 합니다.

그리고 또 여느 때처럼 저는 알 수 없는 행인의 몸동작 동작, 몸놀림과 걸음걸이를 주시하면서 주체할 길 없는 시선(視線)의 나래를 펼친답니다. 온갖 상상력이 발동하는 시간, 짧지만 그렇다고 해서 결코 짧다고만은 할 수 없는 증폭되는 순간의 광속(光速)에 현기증을 느끼면서요. 그 속도감에 현란한 시선이 이내 하나의 이미지로 응축되면서 놀라움에 탄성을 지를 뻔합니다. '아, 저 얼굴은 그 때 그 사람?' 이렇게 떠오르는 짙은 감정의 소용돌이를 시상(詩想)으로 기억해내고자 다시 한 번 이렇게 펜을 듭니다.

주와 한울님

아플 때, 정말 아플 때
죽고 싶도록 아플 때
그런 아픔이 아무 것도 아니라고
그런 아픔이 무(無)라고
내려놓을 수 있던가요

슬플 때, 아주 슬플 때
슬퍼서 죽고 싶을 때
그런 슬픔도 잊을 수 있다며
슬픔도 기쁨도 한 순간의 바람이라며
모른 척 외면할 수 있던가요

무념무상(無念無想)한 듯한 삶의 이치
어김없이 흐르는 시간과 세월의 덧없음
알아요, 저도 알지요
머리로는 말이에요
그런데, 그런데

지금 이 순간을 느끼고 있는 심장의 뜨거움
가슴이 아프고 또 아플 때

마음이 슬프고 또 슬플 때
어떻게 누군가에게 간절히
다가가지 않을 수 있을까요

오, 주님, 나의 한울님
저희들의 아픔과 이 고통을 거두어주세요
죽어가고 있는 저희들을 불쌍히 여기시어
그 슬프고도 아픈 마음을 어루만져주세요

제발 삶이 덧없다며 무상하다고 말하지 마세요
이 삶이 또 다른 알 수 없는 삶으로 이어질 뿐이라는 말씀은
이 바닥모를 아픔과 슬픔의 심연에는 전혀 위로가 되질 않아요
지금 이렇듯 살아있는 이 삶 한 가운데서
고아처럼 버려져 머리로만 그러려니 하긴 싫어요

행복 하고 싶어요
행복을 느끼고 싶어요
당신이 도와 주셔야 해요
오, 주여
나의 한울님이시여

*

어르신. 이제야 마음의 짐을 내려놓은 듯 홀가분해옵니다. 지난 해 10월 말. 지방의 모 대학캠퍼스에서 있었던 학회 발표장에서 어르신을 뵙고 마음이 담긴, 혼과 얼이 담긴 어르신의 글을 메일로 받아 읽은 후 지금까지 늘 마음 한 구석에 답장을 해드려야 한다는 부담감이 자리하고 있었습니다. 그런데 무어라 표현할 수 있을는지요. 저도 어르신의 글처럼 오랜 삶 속에서 숙성된 깨달음의 글을 답장으로 보내드려야 한다는 의무 아닌 의무감으로 어느새 이토록 답장이 늦어졌다고 할 수 있을 것 같습니다.

아시고 계시는지 모르겠지만. 저는 동학을 모태신앙으로 태어나 성장해서 기독교 집안으로 시집을 왔습니다. 동학이 지닌 최고의 장점이라고 할 수 있는 조화와 포용의 너그러움을 몸소 익히면서 자라온 탓인지 저에게는 동학이나 기독교 사상이나 모두가 저의 삶에 많은 도움이 되고 있습니다. 물론 구석구석 흠을 잡자고 한다면 이 하늘 아래 완벽한 사상이나 관념은 있을 수 없다고 감히 생각합니다. 비록 그런 것이 있을 수 있다고 해도 과연 어떻게 그런 완전함을 우리들 유한한 인간이 장담하면서 주장할 수가 있을는지요. 그저 복음의 말씀으로 주님을 영접하지 않는 이상은 말입니다.

이런 저런 생각으로 어르신의 글에 대한 '답장의 빚' 가운데 지내오다가 문득 오늘 아침에서야 그간의 생각이 정리되어 오는 것을 느낄 수 있었습니다. 제가 으레 생활 속에서 경험하듯이 두서없던 많은 생각들이 한편의 시를 통하여 정리되어 오는 것을 느낄 수 있었기에 이렇게 글로 적어 한두 번 다듬은 후에 답장으로 보내드리게 되었습니다.

'글은 곧 그 사람'이라는 말이 생각납니다. 선친으로부터 피로서 물려받은 동학과 시가(媤家)로부터 살로서 물려받은 기독교를 그 좋은 점만을 발견해내면서 제가 살아가는 동안 이로부터 받게 될 많은 가르침들을 연구하여 글로써 남길 수 있다면 이 보다 더한 영광이 없을 것 같습니다. 그것이 곧 저의 됨됨이를 알아 가는 길이요 저 자신을 말함이며 제가 살아가는 이유 가운데 하나가 아닐까 하는 간절한 마음입니다.

　어르신의 소중한 편지에 답장이 늦어져서 미안하다는 말씀을 다시 한 번 더 올리면서 이만 글을 접습니다. 갑오년 이 한 해도 늘 강건하시고 강령하시기를 기원합니다.

유신론에의 목마름

신이여
당신이 있다면
하여 저의
이 간절한 기도를 들으신다면

내 안에
자기 안에
우리 안에 있는
숨어 있는

어쩌면
꽁꽁 얼어
있을지도 모를

가장
아름다운
것들을
볼 수 있는
눈을
맑고 건강한
두 눈을

삶이
사라진다고
덧없다 하지 않을

깨닫고
또
깨달아
잠결에도 늘
깨어있을 수 있는

그런 두 눈과
그런 삶을 저희들에게
허락하여 주시옵소서

삶과 죽음

난 살아있어도
죽음을 너무 많이 생각해서
나는 사는 게
죽음 이후와 다른 걸 알 수 없지

어쩌면 죽음이란
몸으로 맞이하는 것인지 몰라
죽고 나면 대체 뭘 생각이 있겠나
다들 말하겠지만

몸이 없다고 생각도 없는지를
어찌 몸과 함께인 내가
죄다 알 수 있을는지

자연 앞에 서면

자연 앞에 서면
저 길고 오랜
셀 수 없는 낮과 밤
그 침묵의 시간을 기억합니다

얼마나 버티어서
버티면서 인내하고
안으로 안으로 생명을 잉태해온,
그래서 이렇게 저도 낳아놓은

감히 저의 짧은 기억으로는
헤아릴 수조차 없을
그래서 제 삶의 시간으로는
말도 안 되는…

자연 앞에 서면
한없이 작아지지만
또 그래서 엄마 품 안처럼
그저 따스하기만 합니다

더 큰 슬픔

슬픔이 있습니다
더 큰 슬픔이 있습니다

아픔이 있습니다
더 큰 아픔도 있습니다

그렇다고 너무
괴로워하지는 마세요

시간의 배를 타다 보면

때론 출렁이다가도
잔잔한 호숫가의 평온

살다보면 모두가
이런 일이나
저런 일일 테니까요

＊

　누군가 내게 나이가 들면서 좋은 일이 무엇이냐고 묻는다면 대답해 줄 심정으로 이 시를 써 보았습니다. 나보다 더 많이 산 사람에게는 아직도 내가 미처 깨닫거나 발견하지 못 한 것이 있겠지만 그래도 내가 살아온 그보다 한참이나 더 살아야 하는 이들을 보면 괜시리 목에 힘이 들어가면서 이 자그마한 두 어깨가 그저 대견스러워집니다. 그래, 이런 걸 온몸으로 배워 내려고 이 자리까지 온 것인가 하는 생각뿐입니다. 살다 보면 슬픔도 있게 되지만 그보다도 더한 슬픔도 있기 마련이며, 어찌되었거나 살다 보면 예외 없이 이런 저런 일이 우리를 찾아오기 마련이라는 법! 그때마다 그저 흔들리지 않는 평상심을 잘 지켜나가기를 기원해봅니다.

더와 덜

더 살아도 더 살았달 수 없고
덜 살아도 덜 살았달 수 없는

젊음과 나이 듦이 함께 하는
이 알 수 없는 뒤죽박죽 인생이여

깊이

들어간다
더 이상 오갈 데 없는 막다른 골목
깊이는 깊이를 모른다
이쯤해서 그만두고픈 유혹
아직은 더 살아야 하는 지상명령
눈에 밟히는 낯익은 따스한 이들의 시선

들어간다
오늘도 헤아릴 길 없는 그 깊이
삶과 시간의 깊이
내 맘 속 우주의 깊이

그리고 당신
나를 에두르는 듯 바라보고 또 보이는
타인들의 그 헤아릴 길 없는 깊이여

눈 깜박할 사이의 삶이여

잠깐 잊으세요
어디서 왔는지
어디로 가는지

잠시만 잊으면 돼요
아무 생각도 말고요
그저 한 동안 정신없이

그렇게 바쁘게 잊고
정신없이 살다보면
삶은 안녕이 된답니다

그렇다고 해서
곧이라고 금방이라면서
짧다고 애달파 하진 마세요

한 번 뿐이어서
그래서 더욱 소중하고
아름답도록 가슴시린
시간들이었을 테니까요…

＊

　칼 세이건은 〈코스모스〉에서 우주력을 논하면서 우주의 시간을 일 년으로 환산합니다. 그런데 인류 문명의 등장은 365일의 그 마지막 날의 오후 즈음이라고 세이건은 주장합니다. 이는 말하자면 우주 내에서의 인류의 등장이 참으로 짧은 시간 동안 전개되고 있는 현상이라는 이야기입니다. 그런데 우주 내에서 은하계 안에서 지구 그 안에서 아시아 대륙의 극동 쪽 그것도 반으로 동강난 대한민국 그 안에서 우리네 삶은 지지고 볶아대며 하루하루를 보내고 있습니다. 그 찰나와도 같은 하루하루는 그렇지만 결코 짧다고만은 할 수 없는 진하디 진한 곰국이요 만리장성과도 같습니다.

변한다

변한다
아주 조금씩
눈치 채지 못할 정도로 그렇게 조금씩
시간의 흐름
그 순간을 포착하기 힘이 들듯이

변한다 변해간다
당신의 해맑던 아이 웃음이
그 입가로 자글해 오는 서글픈 잔주름처럼

그래서 나도 함께
흐른다 흘러간다
나도 덩달아 변해가려하나

그러나 그럴지언정 그렇다고 해도
당신이 알아볼 수 있을 그만큼만
아주 조금씩 자근자근
변해갈수만 있다면…

　연말연시를 맞이하고 있는 요즘 들어 부쩍 속절없이 흘러가고 있는 시간의 흐름을 느끼곤 합니다. 오늘이 연초인 1월 11일이니 연말은 이제 물 건너간 남의 일이어야 할 텐데도, 새해의 모두에 서고 보니 연말과 뗄 수 없는 실타래인양 묶여 있는 지금을 발견할지 않을 수가 없습니다. 생사일여라는 말이 있지요. 어찌 연초가 연말 없이 가능할 수 있겠는지요. 해서 저는 아직도 연말연시 분위기 안에서 살고 있습니다.

　그런데 하도 많이 연말연시를 맞이하다 보니 작은 변화가 모여도 커다란 기적을 가능케 한다는 말도 있듯이, 문득문득 거울 안의 내 모습처럼 많이 변해 있는 저의 모습에 놀라곤 하지요. 그래도 흰머리는 새치일 뿐이라고 자위하곤 하던 시절이 있었는데… 얼굴과 머리의 경계선에도 쭈뼛 얼굴을 내밀어대기 시작하는 엄지손가락 길이의 흰머리에 놀라자빠질 지경이랍니다. 저도 자연의 일부인데 자연처럼 당연히 변해가겠지요. 뭐 변절자가 된다느니 하는 것은 아니지만요.

　자연은 돌고 돌아 윤회한다는 말이 있지요. 겨우내 죽어 있는 줄 알았던 나무가 경칩이 지나면 푸른 생명의 옷을 입기 시작하듯이 말이에요. 어쩌면 자연도 사람처럼 몸만이 아닌 그 마음도 지니고 있는지 모르겠습니다. 생명의 기운이나 애니마 등의 이름이 있듯이 말입니다. 그래서 영원한 생기가 다시 몸을 추스르는 계절이 곧 몸이 아닌지 합니다. 자연으로부터 와서 자연으로 되돌아가는 우리네 사람도 그랬으면 좋겠습니다. 몸의 기력이 쇠하고 늙어간다고 해도 저 자연의 생명갈이처럼 그렇게 마음이나 몸은 잘 보존돼 있어서 다시금 봄이 찾아올 때 새 생명으로 거듭날 수 있었으면 참 좋겠습니다. 그렇다고 한다면 변해가는 몸의 그 늙어가는 모습에 놀라곤 하는 연초의 이 느낌도 별반 놀랄 일만은 아니겠지요. 살아있는 것들, 모든 생명과 그를 아우르는 대자연 속에서 변해간다는 것, 늙어간다는 데는 단 한 사람의 예외도 없을 테니까요.

아무도 지금 이 순간을 보지 못 한다

아무도 지금 이 순간을 보지 못 한다
어느 누구도 지금 이 전율하는 찰나를
보지 못 해 알려고도 하지 않는다
가르쳐줄 수 없고
가르쳐주지 않기에
배우려도 하지 않고
아니 어쩜 배울 수 없는 것이기에

그저 우리들은
시간에 등 떠밀리듯
무심히 흐르는 배에 실려
그 안의 시간들로 침잠할 뿐이다

과거 속으로
기억 속으로
지금 이 순간의
표류하는 어지러움 그 안으로

아님
어쩜 영원히 오지 않을
저 머나먼
미래 속으로 달음질쳐대듯이

한 번뿐인 삶의 시간을 등 뒤로
저만치 유영(遊泳)하고 있는
아 인생이여!
안타까운 인생들이여!

✳

　오래 전 그리스의 철학자 제논은 하나의 역설을 생각했었지요. 그의 이름을 빗대어 '제논의 역설'이라고 우리들이 말하고 있는 그 패러독스 말입니다. 역설이란 글자 그대로 말의 조리를 벗어나는 것이어서 말이 이치나 조리를 벗어나는 것은 흠이 되고 금방 눈에 띄는 법이지만, 만일 우리네 삶이 역설스럽다(?)고 한다면 어떻겠습니까?

　말이나 언어가 인간의 사고를 드러내는 것처럼 인간의 생각이란 무릇 적어도 그가 인간답다고 하는 한에서라면, 뭐 반듯하고 논리적이기까지는 어려워도 말이 되고 조리가 있는 생각을 해야 할 것입니다. 조리가 없고 뒤죽박죽인 생각이 담긴 말은 횡설수설이 되고 그렇게 생각하다보면 실성한 사람 취급받기가 쉬워지겠지요.

　그런데 말입니다. 과연 우리네 삶이란 것이 그렇게 조리가 있고 말이 되는 것이라고 생각하시는지요. 아니면 키에르케고어라는 저 덴마크의 실존주의 사상가의 생각처럼 조리가 있고 논리적인 오성적 사고의 대상이 아닌. 역설적인 감성의 대상이라고 생각하시는지요? 그래서 키에르케고어는 삶의 본연의 모습인 실존은 오성이나 논리가 아닌 감성이나 역설에 의하여 드러날 수 있다고 힘주어 이야기하고 있습니다. 그리고 실존의 역설 가운데 가장 위대한 역설이 다름 아닌 시간의 세계 안에 임재 했던 예수 그리스도의 부활의 역사라고 말합니다. 시간성 안에 둥지를 튼 이런 영원성을 성경은 '때의 참'이라고 하며 이때의 역설적인 시간 개념을 카이로스(Kairos)라고 하지요.

다시 제논의 역설로 돌아가 보겠습니다. 우리가 생각하는 지금 이 순간이란 제논에 의하면 적어도 멈추어 서 있는 원자와도 같이 고립된 것이겠지요. 그래서 시간이란, 우리네 삶이란 흘러가지 못하고 정지한 채로 죽음을 향하여 단 한 발자국도 내딛을 수 없겠지요. 그렇다고 한다면 인간이 불사조처럼 영생할 수 있을 테니 참으로 좋아해야 할 일이라고요?

아니지요. 제논은 그저 생각만으로, 머릿속의 관념만으로 역설을 발견했고, 우리네 삶이란 생각하는 대로 움직이고 흘러가는 그런 것은 절대 아닐 테니까요. 아브라함이 그토록 끔찍이 아끼던 이삭을 하나님 앞에 드리려고 결심했을 때 그는 분명 말도 안 되는 짓을 하는 조리 없는 사람이었습니다. 그러나 그가 한 행동은 역설로 가득한 우리들의 살아가는 모습을 잘 보여주고 있다고 어떻게 말하지 않을 수가 있는지요!

요즘 '가족끼리 왜 이래'라는 드라마가 한창 시청자들의 안방을 달구고 있습니다. 남보다 못 한 가족 이야기나 도무지 말도 안 되는 출생의 비밀 등 우리네 삶의 모습은 지극히 조리가 없어 말도 안 되는 역설적인 것이 아닐는지요. 그래도 말이 잘 되고 통하는 인간다운 삶을 위하여 축배를 들고 싶은 마음으로 조용하게 살고 있는 소시민의 한 사람이 바로 저입니다. 그래도 삶은 역설적인 것이어서 지금 이 순간을 온전히 보고자 알고 싶은 열정(?)으로 말도 안 되는(?) 이런 시를 써 보았답니다.

지금 이 순간

지금 이 순간이 제일 궁금한데
바로 지금 이 살아있는
뜨거운 심장의 움직임에
온통 집중하게 되는데

말한다
찰나처럼 덧없이
사라지는 무상(無常)일 뿐이라고
불교는 말하고 있다

지금 이 순간은 그저
저 세상 천국과 지옥으로 향해 난
징검다리라며 기독교는 속삭여댄다

지금 이 순간
온전하게 오롯이 깨어 있고만 싶은데
말한다
동학은 이렇게

지상천국인 바로 이곳에서
맘껏 한울을 꽃피우라고
더도 덜도 있고 없음일 뿐
바로 지금 이 순간
맘껏 행복하고
원 없이 아름다우라고

그것이 바로 한울을 모심이며
한울생명이 됨이며
온전히 나로 삶이라고
일러 준다 깨우쳐준다

지금 이 순간도 혈관을 흐르고 있는
한울 생명이여 영원의 모심이어!

*

    저의 젊었을 때를 회상해 보았습니다. 나름대로 열심히 한눈 팔지 않고
한 길을 달려왔던 모습으로 기억합니다. 그 시절에는 베이비붐 세대의 소
용돌이 속에서 성공지상주의와 근면, 절약, 인생역전과 불굴의 의지와 같
은 단어들이 젊은이들을 온통 사로잡곤 했지요. 한 세대를 넘긴 요즈음의
청춘은 어떤지요? 인터넷과 소셜 미디어의 영향으로 종적이고 역사적인
시간보다는 횡적이고 탐닉과 몰입적인 시간의 깊이로 질주하고 있는 주변
의 젊은이들의 모습을 주시하곤 합니다.
    그 때는 그랬습니다. 지금 이 순간의 느낌쯤은 미래라는 더 큰 시간이 선

사해줄 선물에 의해 뒷전으로 무시당해도 싼 것이라고요. 지금 아프고 지금 배곯아도 반드시 내일이 오듯이 꿈과 희망이라는 무지갯빛에 의해 젊음은 푹 삭히고 곰삭혀져야만 하는 것이라고요.

그런데 지금 세대는 이런 생각과 믿음과 의지를 받아들이는 데 주저하고 있는 듯이 보입니다. 성공지상주의는 한물 간 슬로건이 되었고 개천에서 용이 날 길은 꽉 막혀버린 것 같은 막막한 기분과 정서 속에서 요즘 젊은이들의 비상구는 클럽이나 중독성 오락 등으로 재빠르게 그 정열과 패기를 분출하고 있는 듯한 인상을 지울 길이 없습니다.

그래서 제 몸 하나 건사하면서 달랑 4인 가족 하나 거느리는 데도 발을 동동 굴리곤 하는 지극히 평범하기 비할 데 없는 한 사람의 아녀자임에도 불구하고, 이 시대의 젊은이들에게, 청춘에게 감히 한 마디 하지 않을 수가 없습니다. 이 시대의 역사가 주는 무거운 종적 시간성의 외투를 거부하거나 무시하고픈 그들의 자유를 구속할 수는 없겠지만, 그래도 지금 이 순간 횡적인 몰입과 도취의 시간이 지켜내야만 하는 그 인문학적인 깊은 성찰의 의미까지 내동댕이쳐서는 결코 안 된다고요. 동서고금을 막론하고 어느 시대나 문명을 불구하고 그 주인공이 우리네 인간인 한에서라면, 순간의 시간성에 대한 성찰과 되새김질은 곧바로 삶과 인생을 제대로 살아내는 지름길이라고요. 다시금 지금 이 순간의 그 진정한 의미를 생각해 봅니다.

기억과 망각 1

삶이 내게로 왔다.
잠깐 스쳐보내야 하는 것인지도 몰라
잊고자 무언엔가 홀린 사람마냥
열심히 한 우물을 파댄다
사랑하고 또 일하면서
삶이 안녕할 때까지

삶이 내게로 와서
하여 난 삶을
잊을 수밖에

기억과 망각 2

난
지금 이렇게
홀로 산책 중인데
당신
날 느끼고 있나요

난
바람같이 흔적 없이
이 길을 홀로 사라져 가고 있는데
당신
나를 느낄 수가 있는지요

모든 게
이 모든 기억이
한 줌 흙이라면 어쩌나 어찌 할까요

한 가닥 결코
바람이 아니기를
꼭 그러기를

그래서
지금 이 순간
당신께로 향하는
이 마음처럼
그렇게
영원할 수 있기를
영원하기를
간절히 두 손 모아
빌어봅니다

사람이 그립다

사람과 사람이 함께 있는 건
얼마나 아름다운 일인가

사람이 곁에 있어도
외로운 적이 있었다
그 땐 그랬다

어차피 혼자 온 인생길
홀로 쓸쓸히 가는 인생이려니 하면서
늘 혼자여도 아무렇지도 않던

이제는 아니다
사람이 그립다
혼자 걷는 사람의 뒷모습에
주저앉고 싶으리만큼 외로워져서

사람이 그리워 온다
사람과 사람이 함께 산책로를 걷는다
다정한 낯빛과 눈빛으로

사람과 사람이 함께 함은
그 얼마나 아름다운 모습인가!

*

　2015년 3월 26일. 오후 강의를 위해 집을 나선 길. 학생들과의 만남으로 설레이는 마음은 이내 외로움으로 물들고…. 글과 이론과 PPT를 사이에 두고 학생들과 나누는 강의는 단 한 마디의 속내 이야기도 펼쳐보지 못 한 채 늘 그렇듯이 오늘도 혼자였다는 진한 느낌들에 속절없이 거울 속 내 여자만 찾아대는 그런 나 자신이 우습도록 멍해 올 뿐인, 그런 느낌을 받는 적적한 하루였습니다.

강의를 하면서

책상 위에 꽃들이 피었다
뉘집의 귀한 아들딸들인지
자마다 열심히 또각또각
고사리손으로 움켜쥔 필기구
허허벌판 백지 위로 한바탕 춤사위
시험에 푹 빠져 나의 눈길조차 아랑곳없이
아느냐, 너희들은
너희가 그 얼마나 아름다운 생명인지
풋풋하고 싱그러운 생명의 정점
어떤 시련과 환경의 다름에도
마냥 그저 당당할 수 있는
모두가 한울 모심이여
성령이 지금 이 곳
너희 몸과 맘으로의 임재여